全民阅读精品文库

刘文波

著

那时花开

中国言实出版社

图书在版编目（CIP）数据

那时花开 / 刘文波著 . -- 北京：中国言实出版社，
2018.6

（当代实力派作家美文精选集 / 凌翔，汪金友主编）
ISBN 978-7-5171-2816-8

Ⅰ.①那… Ⅱ.①刘… Ⅲ.①散文集—中国—当代
Ⅳ.① I267

中国版本图书馆 CIP 数据核字（2018）第 127797 号

责任编辑：张　丽
出版统筹：李满意
插图提供：荷衣蕙
排版设计：叶淑杰
　　　　　严令升
封面设计：戴　敏

出版发行　中国言实出版社
　　　　地　　址：北京市朝阳区北苑路 180 号加利大厦 5 号楼 105 室
　　　　邮　　编：100101
　　　　编辑部：北京市海淀区北太平庄路甲 1 号
　　　　邮　　编：100088
　　　　电　　话：64924853（总编室）　64924716（发行部）
　　　　网　　址：www.zgyscbs.cn
　　　　E-mail：zgyscbs@263.net
经　　销　新华书店
印　　刷　三河市金元印装有限公司
版　　次　2018 年 6 月第 1 版　　2018 年 6 月第 1 次印刷
规　　格　710 毫米 ×1000 毫米　1/16　13 印张
字　　数　180 千字
定　　价　49.80 元　　ISBN 978-7-5171-2816-8

散文的气质

红孩

每一个人都不是孤立存在的，他需要社会的滋养。社会就是人群之间的往来，既然人与人之间有往来，就必然会有人与人之间的评价。评价一个人，标准很多，可以用小家碧玉，也可以用大家闺秀，最简单的方法就是用好人和坏人区分。这在二十世纪六七十年代的电影中处处可以看到。而事实上，这世界的芸芸众生，哪里有那么多的好人和坏人，好人和坏人是相对的，就大多数人而言，基本属于不好不坏的人。

生活中，我们对一个人的外表评价，通常爱用"气质"这个词。譬如，形容某个女人漂亮，常用气质高雅；形容某个男人有修养，喜欢用气质儒雅。由此可见，气质这个词是人们所需要的，也是男女可以通用的。查现代汉语词典，对气质的解释有两种：一是指人的相当稳定的个性特点，如活泼、直率、沉静、浮躁等，是高级神经活动在人的行动上的表现；二是人的风格和气度，如革命者的气质。很显然，我们一般选择的是后者，前者过于确定，不过后者也让人感觉到是属于不好定义的那种。

同样，我们看一篇文学作品，往往也会从作家的文字中读出其人与文的气质。这就是所谓的文如其人。以我的见识，人和文在很多的时候并不一致。一个文弱的书生，他的气节和人格可能是刚硬的。鲁迅个头不足一米六，可谁能说鲁迅不高大呢？不管怎样，我们看一个人的作品总会很自然地和这个人的人品联系在一起。所以，我们在研究一个人的作品时，往往会从作家的社会性和作品的艺术性两个方面来考证。近些年，社会价值取向多元化，人们对过去的人和事也变得宽容起来，像过去被封杀被长期边缘的作家作品逐渐走向人们的视野，这些作品甚至如日中天地成了一段时间的文学主流。文学的艺术性与社会性，是不可割裂的，过于强调哪一方面都会失之偏颇。

　　散文也是如此。我们说一篇散文的优劣得失，其评价体系也很难绕开艺术性和社会性。当然，如果是风景描写的那种游记作品，就另当别论了。即使是风景描写，也不完全超脱于当时的社会背景，如《白杨礼赞》《茶花赋》《荷塘月色》《樱花赞》等。假设我提出鲁迅、冰心、朱自清、杨朔等作家的作品具有散文的优秀气质，不知会不会有人站出来反对？我想肯定会有的。据我所知，有相当多的一些作者，始终坚持散文的艺术性，而不愿提作品的社会性，似乎一提到社会性就是和政治挂钩。

远离政治，已经成为某些作家的信条。前几年，周作人、林语堂等二十世纪二三十年代的作家突然走红，就是被这类人追捧的结果。以我个人而言，我对散文创作的路数是提倡百花齐放的，风花雪月与金戈铁马都可以成为作家笔下的文字。我们不能说写花鸟鱼虫、衣食住行就题材窄、格局小，就缺少散文的气质。有的作家倒是常把江河万里挂在嘴边，可其文章味同嚼蜡，一点散文的味道都没有，更谈不上散文的气质。

我理解的散文的气质，首先是文字的朴素、洁净，如果一篇散文连这一点都做不到，就很难有别的作为了。这就如同我们看到一个衣衫不整的人，他怎么可能有好的气质呢？然后，作品的内容要更多地承载读者所要获取的知识、信息、情感、思想的含量。第三，在写作技巧上，要发掘出生活的亮色，特别是能在所见的人与物中悟出人生的道理和对世界的看法，且能熟练地运用修辞手法和文章的结构方法。第四，文章的意境要高拔出常人的想象与思维，具有超越时代的精神高度。第五，要做到内容和形式的统一，其内外气场要打通，要浑然一体，有霸王神弓那种气派。有了这些，还不够，一篇好的散文必须与社会相结合，要得到广大读者的认同与共鸣。这个社会的认同，光是一时的认同还不行，它还必须是超越时代的，像我们读《岳阳楼记》那样，要能产生"先天下之忧而忧，后天下之乐而乐"那样的人生思想境界，这才算真正地具有了散文的气质。

　　散文的气质是不可确定的，不同的作家创作了不同的作品，其气质也是不尽相同的。气质是最让人捉摸不定的东西，它像风又像雨，很难用数字去量化。大凡这种捉摸不定的东西，恰恰是审美不可回避的问题。艺术的美是感悟出来的，即我们常说的艺术就是感觉。在这里，我们也可以把散文的气质说成散文的气象，气象可以是眼前的，也可以是未来的。我喜欢"气象万千"这个成语，它如果作用于散文，那就是散文是可以多样的。一篇优秀的散文一定有着不同寻常的气质，拥有了这个气质，你就能鹤立鸡群，就能羊群里出骆驼。

　　　　　　　　　　　　　　（作者系中国散文学会常务副会长）

目　录

第三辑：那时花开

第四辑：乡间时光

第五辑：人间有味是清欢

第一辑：烟火梧桐

春来荠菜青

"阳春三月三，荠菜当灵丹。"每当春阳乍暖万物复苏的时候，猫了一冬的乡村孩伢子们，便如同撒了欢的小马驹一样，挎上筐子，拿着铲子，在田野里风一般地追逐嬉戏，尽情享受春日的美好光景。嬉闹之余却漏不了脚下一棵棵吐绿绽翠、嫩蕊甫张的野菜。灰灰菜、苦菜、马齿苋、蒲公英、车前子、毛毛菜……它们是大地慷慨的馈赠，对于青黄不接的初春，就是上天无比丰厚的福祉和布施。而这其中最多的，是最受孩子们喜欢的荠菜。

荠菜是过冬的菜。一阵春风，一场春雨，便由枯黄转为嫩绿，丛丛簇簇，长在田间地头，用莹绿的身躯点缀了每一个寒意刚尽苍黄瘦弱的春天，也填充了我们胃酸过多、沉闷乏味的胃肠。

荠菜是随缘的菜，随口的菜。虽然是人有百味，众口难调，但对于荠菜，再难打发的人也遂心遂愿：孩子吃着顺意，老人嚼着顺口。也让局促了一冬、捉襟见肘的主妇们舒展开了紧缩的眉头，露出笑意。择净、洗好的荠菜在灵巧的母亲们的手下会变换出多种花样：拌上些许玉米面，再撒上少许盐粒，上锅蒸，开锅即熟。入眼黄绿相间，清新宜人；入口绵软香醇，不留渣滓。让人大快朵颐，直呼过瘾解馋。也可以用开水汆一下，捞出沥水，切段，淋上麻油、味精和盐，口味重的还可以用蒜泥调和，辛辣开胃，佐酒下菜，不愁上不了大雅之席。此外，还可以熬粥，做菜团子，只要你能想到，怎么吃都可以。现在，人们有了冰箱，将这些宝贝般的野菜洗净沥干放进冰箱，于是，冬日里就有了一盘润肺通脾的鲜绿。

荠菜是田野之菜，它吸天地之气、日月精华，莹莹绿绿清爽素朴。有一回，我问母亲，我怎么从小到大没吃过什么药，打过什么针呢？是您给了我什么宝贝护身？母亲笑着对我说，还不是因为你小时候爱吃荠菜。

荠菜是民间的菜，又是古老的菜，诗意的菜。早在《诗经》中就有"其甘如荠"的句子，说明起码在春秋战国时期，古人就知道荠菜的味道之美了。南宋大诗人陆游对它情有独钟，吟诗称赞："残雪初消荠满园，糁羹珍美胜羔豚。"甚至说自己曾"春来荠美忽忘归"。苏轼也非常推崇荠菜，他在给友人的信中写道："君若知其味，则陆八珍皆可鄙厌也。"苏轼这句话一定是在食腻了自己喜欢的"东坡烧肉"以后的感叹。世上竟有如此清清爽爽的野味，让人摒却物欲，神清气爽。因文人墨客的推崇，使荠菜这个出身农门的小家碧玉，吐气如兰，温润雅致。

荠菜在野为草，入口为食，不择地势，不让贫瘠，生长在家乡的沟沟坎坎，角角落落，给春日带来一点新绿，给大地带来无尽的生机。

关于麦子

一位作家写道，麦子是一种阅尽沧桑的庄稼。我对此十分认同，因为小麦见过雪、冰，见过春花和骄阳。

所以，麦子是唯一经历四季的庄稼。

我觉得麦子更是一部生命的史诗。

麦子伴着秋霜种下，经过寒露的浸泡，在万物萧疏的季节里，她却独自将生命的绿色涂抹在空旷寂寥的田野，成为农人冬日里的诗行。因此，小麦是生命的悖反。在严冬中仍没有停止生命的跋涉，在雪被下，仍演绎着一个冬天的绿色的神话，成为生命的另类。

在春寒料峭、乍暖还寒的初春，返青的麦苗最先将生命的信息传递出来。一场春雨，几阵春风，走到麦田里，似乎能听到小麦拔节的声音：噼啪，噼啪……令蜷缩一冬的人们不由得心潮澎湃，血管贲张。

馈我一粒种子，便有万粒归仓；贻我一丝春雨，便能忘我生长。麦子似乎要急于回报农人，以接青黄。

所以，麦子是一种懂得感恩的庄稼。

麦子扬花了，满野里便熏蒸着馥郁的麦香，清新绵长，似融进千年岁月的佳醪，浓而不醉，使人神清气爽——这便是麦花的清香。然而，你见过麦子的花儿吗？即使麦田如海，也望不到一丝花痕，因而麦子很少被人记起咏赞。而把目光投向那些招摇的花儿：油菜花的绚烂铺张，桃花的矫情妩媚。

麦子花即实，实即花，花实一体。

为了成熟，她连美丽也省略了……

然而，你也不必叹惋忧伤，因为已将生命里最浓重的一笔在最后宣泄出来。你看，那如阿尔的阳光一样灿烂，如凡·高笔下的向日葵一样摄人心魄，让人沉醉的金黄，那才是生命的颜色，张扬而不失厚重，辉煌而不显娇媚。

然而，麦子美丽的极点又是生命的终点！

布谷鸟叫了，黄鹂叫了，五月农人的节日。

蘸着月光在磨刀石上，农人又磨起了悬了一年的镰刀，磨成一弯新月，映着月光试一试刀锋，刀刃遂将月光斩断，簌簌落了一地。

中午，割麦人一般是不回家的。麦海无边，麦粒爆裂。太阳火一般的炙烤，急于归仓的小麦哪容得下农人喘息。割麦人只好嘟囔一句："火里麦啊！"

此后，便是上场、脱粒、晾晒、收仓。

啄木鸟敲响林子的寂寥，古老村落的舂声也应声而起，沿千年而下，悠长、邈远。现在，这种舂具虽然已为现代先进的机械所代替，成为博物馆里的悬挂，但这千古的舂音却如心脏的律动，同频而跳。

将水发过的黄澄澄的麦子放到石臼中，在舂杆的起落中，掌舂人肃穆、矜持，那不是一般意义的劳作，而是在进行一个古老而神秘的仪式。

至今，在许多农村，还保留着上新麦坟的风俗。在夏至前后，新麦下了场，入了仓后，将新麦磨成面，选最好的雪白头遍面做成面食，用新出笼的白面馒头或者刚出锅的水饺来祭拜天地和亡人，表示吃上了新粮，在农村，只有吃上了新粮才算实实在在地踏进了生命的另一个年头。

生存艰难，岁月易老。乡下人用自己的切身体验，感悟到生命的庄重与艰辛，诠释着生命的坚韧与绵延不绝。所以，春天摘豌豆角尝鲜，麦收后吃的第一顿新麦馒头，秋天吃新米饭，都会使人们再度涌起对生命的感慨。这对于只知道粮食是粮店买的，馒头是超市买来的城里人来说是无法体验的。他们吃的不是粮食而是蛋白质、淀粉、维生素。看不懂农人手捧新米祈祷般的庄重，也无法理解农村里老人们祭拜时将头颅贴近土地的虔诚。

缺少这一层体验，生命就失之于厚重，缺少一种对生命的亲近。

所以，我们应重返生活，哪怕仅仅是一种仪式，一种精神的寄托。因为这将使我们还能保存一种对生命的原始敬畏和感激。

而这一切，麦子早就告诉过我们。

春来椿香

"门前一树椿，春菜不操心。"从微雨的清明到溽热的立夏，椿树丰盈着单调的餐桌，温暖润泽了干涩的肠胃，可以说香椿树是春回大地时给人们带来的第一笔丰厚的馈赠。

过去，在农村，家家户户都在房前屋后栽上几棵香椿树，无须浇水施肥，椿树便沐雨而生，经风而长。农家的盘飧中便多了一道珍馐美味了。

香椿是我国的特产，有着悠久的栽培历史。古籍《禹贡》《左传》《山海经》均有记载。金代诗人元好问写过"溪童相对采椿芽，指使阳坡说种瓜"的诗句，描述了在古代的房前屋后、溪边路旁就已广种香椿。而我们的五柳先生的房屋前后栽的肯定不会是椿树，否则便不会咏出"榆柳荫后檐，桃李罗堂前""采菊东篱下，悠然见南山"的诗句了。然而，对于疏于稼穑的陶渊明，桃红柳绿，菊花飘香，带来的只是田园牧歌式的愉悦，而没有下酒的佳肴，把酒话桑麻的逸兴只能使酒兴阑珊。因为世俗的生活是酸甜苦辣，是柴米油盐。

较之于香椿树，招摇的杨柳，妩媚的桃杏，早已吐绿绽翠，花开花谢。香椿树是发芽比较晚的树。几阵春风，几场透雨，香椿树发芽了，如新桐初乳，嫩蕊甫张。红彤彤的椿芽如一张张欲开还闭、娇羞欲语的小嘴，满含春心春事，让人心生怜爱。香椿是通体透香的树，从发芽到采摘前，馥郁的香气熏蒸得空气也浓香流溢，清冽芳醇。有一棵椿树为芳邻，会让每一个春日芬芳充实。

香椿长到一拃许，就该采摘了。夫妻合作，爷俩上阵，踩着梯子、凳子，将一大把一大把的椿芽扎成群，妻子丢给丈夫那是抛绣球；儿子扔给父亲那是扔元宝。喜气洋洋，欢天喜地。椿树的香气变成喜气，将空气调和得浓稠、热烈。看着筐子里快绿怡红的椿芽，看到的是财富，闻到的是饭香。这都是椿树的好人缘。

香椿季节性强，采摘要抓住时机，采晚了，芽长叶大，便老而无味，成了弃之不顾的"菜椿"。读冯恩昌老人的乡土散文，知道了椿芽有三品：一曰黑香椿，色黑紫红，香味浓郁，肉质肥嫩，入口无渣，是为上品；二曰红香椿，色泽淡红，香气扑鼻，鲜嫩无骨，稍次之；三曰青香椿，色为翠绿，有清香，味淡雅，又次之。冯老真是得其三味者。

椿树一般可以采摘两到三次，头茬香椿是舍不得吃的，拿到集市上换回一月的油盐，或作为馈赠佳品走亲访友，让大家也尝个鲜。二茬、三茬才会舍得自己吃。生活艰难，岁月易老。清苦的生活因有了香椿的熏蒸调剂，亲情浓了，滋味醇了，日子便平仄有韵得畅行无阻，一路走来。

母亲将刚采下来的椿芽洗净，用开水氽一下（主要是去掉椿芽中的硝酸盐和亚硝酸盐），切成细末，加葱姜，淋上麻油，拌到手擀面里，那就是香椿葱油面了。或者氽好沥净水，加蒜泥、味精、香油，做成凉拌香椿芽，活色生香，开心开胃，让人胃口大开。另一种普通的吃法是：用细盐揉搓好，放到小坛子里密封、发酵，一段时间后，拿出来吃，鲜嫩无比，可作一年里下饭的咸菜。

总忘不了汪曾祺《豆腐》中对香椿吃法的描写："嫩香椿头，芽叶未舒，颜色紫赤，嗅之香气扑鼻，入开水稍烫，梗叶转为碧绿，捞出，揉以细盐，候冷，切为碎末，与豆腐同拌（以南豆腐为佳），下香油数滴。一箸入口，三春不忘。"不用吃，读罢就觉得两颊盈香，久久难忘。香椿是凡间的佳肴，但也需要会品的美食家。汪老就是美食大家，食尽人间美味，让生活香气漫溢。因此，美食家都是热爱生活的性情中人。

后来，我进了城，香椿也跟着上了酒店里的餐桌，看着一味味改头换面的菜品，我羞涩地问朋友，这是什么，那是什么。朋友笑着说，看来就没吃过庄户饭。朋友报着一个个陌生的菜名：香椿竹笋，香椿拌豆腐，潦香椿，煎香椿饼。我感到无比的尴尬，因为我并没有吃出它们是香椿的味道。

香椿不但是佳蔬，而且还是良药。中医认为，香椿芽味苦性寒，具有清热解毒、美容驻颜、涩肠止血、健胃理气、杀菌消炎、杀虫固精等功效。民间常用香椿芽捣烂取汁抹面，以滋润肌肤、治疗面疾、美容护颜；用鲜香椿嫩叶和大蒜等量，捣烂外敷治疗疮痈肿毒。现代医学研究发现，用香椿芽煎剂汤药，对金黄色葡萄球菌、痢疾杆菌、伤寒杆菌等都有明显的抑菌和杀菌作用。

宋朝苏武在《春菜》说："岂如吾蜀富冬蔬，霜叶露芽寒更苗。"宋朝苏颂盛赞："椿木实而叶香可啖。"在更早的汉朝，我们的祖先就食用香椿，曾与荔枝一起作为南北两大贡品，深受皇上及宫廷贵人的喜爱。

其实最重要的是，香椿是田野的菜，是乡下的菜，是曾经填充、滋润、营养过我们的菜。吃着香椿长大的我是不会忘记她的气息味道的。因为老家房前屋后的一棵棵香椿树曾照耀过我的童年、少年，芬芳过我的记忆，让我循着它的气息就能找到回家的路。

霜雪里，白菜白

读到白居易一首写白菜的诗，写得真好："浓霜打白菜，霜威空自严。不见菜心死，翻教菜心甜。"

面对满园的白菜，诗人一定也觉得做棵白菜其实也是不错的。自然界的风刀霜剑带给自己的只是褪去铅华浮躁的轻松自然，霜威深重带来的只是将白菜由青涩转为饱满、甜润，霜气成了走向成熟的最后一道淬火工序。见过了霜雪，方能掘出生命的醴泉。

经了霜的白菜如人到中年，没有了浮躁与火气，将所有的峥嵘、锋芒内敛为馥郁和充实。密植着繁茂的心事，向内心生长，在内里生花。

过去，农村几乎家家都要种白菜。从立秋下种，到小雪收获，要经历八个节气的孕育。这段日子里，白菜娉娉袅袅得长在农家的地头、院落，成为一首小令，一首长调。别看白菜还小，从初生到刚长出几片肥硕鲜嫩的绿叶，便繁衍着农家的饭碗的清香。清晨，母亲踩着晨露摘下一筐嫩苗，回家洗净准备下锅。心急的父亲往往先用焦黄的煎饼卷起几棵嫩叶，吃得齿颊生香。如春来吃荠菜春卷一样有味。满嘴的青绿金黄，教人解馋。母亲则是将洗净的小白菜用热水氽一下，切成细末，再加豆面，做成白菜小豆腐吃。豆香、菜香很能打牙祭，熨帖胃肠的。下顿用麻油、葱花、姜丝炼锅，炒着吃，比原来更有滋味。让我们吃得热汗直流。

过了小雪，菜窖里、屋檐下，挨挨挤挤地堆满了青绿的白菜。如同院子里堆成山的柴火一样，让人感到今冬温暖无忧，安眠稳睡，不必再担心大雪封门了，因为那是一冬的菜蔬。

母亲常将未卷结实的白菜洗净了，砍去根，腌成咸菜，十几日后，菜叶通体微黄，酸咸可口，拌和着粗茶淡饭，将清清淡淡的日子调剂得活色生香。

卷得结结实实的大白菜，如同庄稼人的言谈举止一般实实在在，没有虚谦客套。母亲能变换出多种花样做成一日三餐，蒸、焖、溜、炒，不变的是白菜，丰盈的是日子。白菜的宽厚大度，让冬日的农妇有了施展自己的余地。而其中最顺口的是母亲做的蒸白菜。进了腊月，蒸上一锅大白菜，悠悠的日子就有滋有味地过去了。

蒸白菜做法很简单，将三两棵大白菜洗净外面的叶子，备好料，油盐、葱姜、桂皮、豆瓣酱，炼锅，将白菜一片片地下锅细火焖炖。经济宽裕时，买几斤猪大骨，或者宰只自家喂的小笨鸡，先将鸡或骨头蒸至八成熟，再下白菜炖。这时炖出的白菜香而不腻，久吃不厌。这在我们那儿叫蒸鸡白菜或鸡扎。客人来了，捞上一碗白菜，再用一层嫩嫩的鸡脯肉盖在菜上，就满眼是肉了，如群山落雪，层次分明，能上得了酒宴大席的，也很能调动我们的馋虫，肉香诱人啊。现在想来，那披在菜上的丝丝鸡肉，是黄公望的披麻皴，是倪云林的折带皴，既养眼养口，又清新宜人。俗常生活，烟火人生里也充满着无尽的诗意，有只可意会不可言传的美妙。

如今酒店名厨做出吊人胃口的满汉全席，也能端上一小盘吊人胃口的鸡扎白菜、酸白菜，清清口舌，让人感到形单影只的寒碜，原先的白菜退守成跑龙套的小角色，却让一些叫不上名来的野味海鲜占据一席，让我们的味蕾味觉失调。

所以，那些最廉价的，或许是最昂贵的；那些最普通的，或许是最长久的；那些最淡然的，或许是最亲近的。酒山肉海里最能熨帖我们肠胃的，其实还是那一盘母亲腌渍的酸白菜，蒸白菜，让我们能品出故国故山故园故人的万种风情。

齐白石老人的白菜萝卜同样也可以入得画的。一幅写意白菜萝卜，俗得可爱，有世俗烟火味。拍卖会上，拍出几百万几千万的价格，在人们眼里已不是一棵白菜。这其实是背离了白石老人的心意的，此时，白菜已与世俗无关。

烟火梧桐

梧桐是乡间的俗女子。她没有窈窕的身段和华裳美冠,只有粗枝大叶的一袭粗布绿萝袍,从春穿到秋。浆洗了几水也不知道,到了秋末,已是漂白、泛黄。梧桐是忙碌在锅台灶间、穿梭于田埂场院的村妇,乡下的檐前屋后总少不了她的身影:一身烟火气。

丰子恺将梧桐写得朴实可爱。新桐初乳时,如一堂树灯,莹莹生辉,照亮了春天的院子;又如小学生剪贴的图案画,均匀而带着幼稚气,态度坦白。

在乡下的树中,梧桐似乎比其他的树悟性要慢许多。春气初暖,其他的树如柳树、槐树、杨树已经偷黄转绿,不经意间已是绿满枝头了。而梧桐如贪睡的村夫,还想睡个回笼觉,最终禁不住春风细雨的催促,才懵懵懂懂地露出头来,吐出毛茸茸的嫩芽,稚拙地憨憨地笑着,一点也不性急。

但憨人有憨劲。没多久,叶片由婴儿拳头般大小变成大人的巴掌了,再过几天又变成了老汉头顶上的斗笠。此时,树下已是浓荫匝地,日光再也照不透地面。比起其他树，梧桐很有后来居上的感觉。要是往年的梧桐树墩还在，等开春不久，便窜出一人高的嫩芽，顶着几个憨大的叶子，没几天就窜过墙头了，很让人惊异。所以，在农村里，人们喜欢在庭院里栽梧桐。古语里"前人栽树，后人乘凉"肯定不是说梧桐，因为梧桐长得快、易成材，将生长快慢拿捏得很是火候。

长得虽快，但梧桐材质却疏松。所以，收藏家马未都将"桐""杨""柳"归为柴木，身价比不上楠木、紫檀等豪门贵戚。但如果全这样看待梧桐，那的确是委屈她了。在我看来梧桐是土气而不俗气，甚至是大象无形、大巧若拙的象征，是隐于民间的隐士。

雨打芭蕉是江南的韵事，而在北方，我们却也有夜雨听梧桐的雅兴。疏疏密密的雨点是素手调弦琴，硕大肥美的梧叶便是古筝、扬琴、京胡、琵琶了。雨密风狂是弹起《胡笳十八拍》，是乱石穿空，惊涛拍岸，卷起千堆雪；雨疏风歇，则是弹起《高山流水》，余韵悠扬，如风过荷塘，暗香飘送。因此，才女李易安才有"梧桐更兼细雨，到黄昏，点点滴滴"的意境。

秋风乍起，万物萧疏。这是自然界的不二定律，谁都抵挡不住的自然法则。梧桐发芽如老妇抽丝，但梧桐的落叶却让人感泣。住在乡下的人常有这样的体验：第一场严霜落下的晚上，在夜间熟睡的人们常会被院子里噼里啪啦的声音惊醒，以为是落雨了，雨紧潮急的。然而，透窗而入的月光又很分明。待打开窗看，原来是梧叶飘飘，急遽地从枝头落下，步履匆匆，不容置疑的，让人惊异。

人衣衫单薄甚至是袒胸露乳的时候，梧桐枝叶茂密，为人遮风挡雨；人穿棉戴帽时，梧桐却褪尽铅华，光着身子，独对长天，瑟缩在风雪中。古诗云："高高山头树，风吹叶落去。一去数千里，何当还故处？"梧叶虽是落于树下，但落叶归根却是很少有的事。勤快的人不多久就会将树叶扫干净，上下光秃的梧桐树显得更加孤单。其实，不仅对于梧桐是这样，人也是一棵移动的树，一旦离开了暖巢故土，就很难再回到原来的地方。人挪活，树挪死，其实是心里苦涩的人安慰自己的话。

吸纳万籁千声的梧桐，具有了兰心蕙质、金声玉应的禀赋。不信，待解开梧桐的树干，清晰完满的年轮就是一张金质唱片。据传当年蔡邕的邻人烧桐木煮饭，他听到火烧木裂声，大呼良木，抢出来制成"焦尾琴"。愚者以良桐为薪，只有贤者方慧耳识才，但真正能为琴的良桐又有几何呢？识材者又有几人呢？

城市里很少见梧桐，但却多的是法国梧桐，枝叶婆娑，树姿婀娜，妖媚生姿。坚硬的柏油路，喧嚣的市声，梧桐在城里是水土不服的。朴实土气的梧桐似乎不讨城里人的喜爱，但她能给乡下人带来福气：因为栽下梧桐树会引来凤凰。

一片春心付海棠

张爱玲提到她人生的三件憾事：一恨鲥鱼多刺，二恨海棠无香，三恨《红楼梦》未完。鲥鱼味美，堪比花中海棠，书中红楼。只是鲥鱼刺多，想必食用时，不能让人大快朵颐。《红楼梦》是一代绝唱，虽经后人补缀，但犹如美丽的杭州丝绸做的锦衣上的补丁，让后人诟病，徒留憾事。而素有"国艳"之称的海棠，雍容华贵，如果无香，那岂不是锦瑟无弦，画舫无楫，有神而无味，一定会失色不少。

明代王象晋的《群芳谱》里记载："海棠有四品，皆木本。"有西府海棠、贴梗海棠、垂丝海棠、木瓜海棠。如同四大名旦一样，天生丽质，众芳喧妍，各有千秋。西府海棠花形较大，四至七朵成簇，朵朵向上，未开时，花蕾如晓妆女子，胭脂点点，娇羞欲语；开后则笑靥甫张，如晓天明霞，粉红娇艳。垂丝海棠花梗细长，花蕾嫣红，开放时花冠下垂，犹如佳人临池照水，顾影梳妆。娇憨可爱。贴梗海棠、木瓜海棠亦是各具形态，堪比花中美人。

海棠是花中名品，如同京戏里的名旦，占尽春天的风情。春天是一个热闹纷繁的大舞台，众芳你方唱罢我登场，张扬着自己的美丽。海棠不让众花，艳压群芳，花姿潇洒，花开似锦，赢得"国艳"之誉。

价值千金的名兰让人心仪，却是过多的裱糊粘贴了炫目的金钱铜臭，远离了空谷的幽兰，成为名利场里烫金炫目的标签。厅堂里摆上一盆名贵的兰花的动机，已不是赏心悦性，更多的是招徕艳羡的目光，抬高自己的身价。这样倒不如那些寻常花草多了一些野气与本真。寻常人家，市井巷陌里独对春风的海棠却是清水芙蓉，身在凡俗却远离凡俗，将美丽繁衍成美丽，将美丽贴近烟火人生。海棠因此成了美的化身。平凡美丽着。海棠又雅号"解语花"，她的花语是温和、美丽、快乐。而这些词汇又都是出自尘世人生，寻常百姓的点滴日子。因此，海棠是雅俗共赏的花。

海棠是入得画，又入得诗的。

宋代佚名画家的《海棠蛱蝶图》，翩翩起舞于乍开的海棠花之上，神色恍惚间，让人感到蝶亦是盛开的海棠，海棠亦是起舞的蛱蝶。心醉神迷。宋代著名花鸟画家林春的《海棠图》，哪里仅是一枝海棠啊，那就是千娇百媚的美女子啊。含苞的粉面含春，吐绽的春光流泻，这一枝是对镜梳妆的美女，这一朵是娇羞欲语的美女，这一瓣是红云染颊的美女。明代大才子唐伯虎的《海棠美人图》，一粉面桃花、睡态娇妍的女子，鬓角斜插大朵的海棠，斜卧在海棠树下的巨石上。海棠枝柯扶疏，开得正盛，红装女子的红云万朵与粉红的花儿人花交相辉映。连天上的月色也朦胧迷离。她定是做了一个美梦，梦中与所思之人相会，要不怎么羞红了脸庞，羞红了海棠花。其实这画是有来处的。宋代释惠洪的《冷斋夜话》记载，唐明皇登沉香亭，召太真妃，于时卯醉未醒，命高力士使侍儿扶掖而至。妃子醉颜残妆，鬓乱钗横，不能再拜。明皇笑曰："岂妃子醉，直海棠睡未足耳！"杨贵妃就是那棵酣睡未醒的一树海棠啊。《六如居士全集》卷三中有一首《题海棠美人》写得好："褪尽东风满面妆，可怜蝶粉与蜂狂。自今意思和谁说，一片春心付海棠。"

画海棠最神韵还有现代画家张大千。一枝横陈旁逸的枯干老枝却也棠花葳蕤，晚年身在台北远离故园的张大千思家之情难以遏抑。遂作《海棠春睡图》题赠成都的老友张采芹，表达对故国故园的思念。画作题诗："锦绣果城忆旧游，昌州香梦接嘉州，卅年家国关忧乐，画里应嗟我白头。"轻灵的枝头竟也能承载沉重的故国故园。

古往今来文人墨客题咏海棠，将海棠入诗的也不少。

陆游题海棠诗"虽艳无俗姿，太皇真富贵"，写出海棠的艳而不俗，高雅富贵。宋刘子翠"幽姿淑态弄春晴，梅借风流柳借轻。初种直教围野水，半开长是近清明。几经夜雨香犹在，染尽胭脂画不成"，写出雨后海棠的妖媚可人。集梅花和柳树的风流轻盈于一身。其中最得海棠神韵的要数旷达的东坡了。黄州被贬七年，非但没有磨损他的锐气，反而让他把胸中的块垒浇筑成锦绣华章，让人唏嘘。有一次，朋友为即将远离黄州的东坡饯行，席中一位歌姬请东坡于自己的披风上题诗留念。东坡跟这位名叫李琪的歌女并不熟悉。但他还是让她磨墨，并题诗一首："东坡七年黄州住，何事无言及李琪？却似西川杜工部，海棠虽好不留诗。"诗中以海棠妙喻李琪，也让这位名不见经传的歌女在文学中青春不朽。

其实东坡还有一首绝妙的《海棠》，也是他谪居黄州时所作。黄州定惠院以东的山林中，春来杂花生树，风景优美，有海棠一株却不为当地人所知，独有被贬的东坡将这株幽居独处的海棠视为知己，题诗留念。诗曰："东风袅袅泛崇光，香雾空蒙月转廊。只恐夜深花睡去，故烧高烛照红妆。"面对满树繁花的海棠，月亮却眷顾不到，幽独人未识，只有同病相怜的东坡发现它的美。烧高烛与它相伴。人生得一知己足矣。这知己其实可以超越物种，超越时空，让人灵犀相通的。

海棠是有香味的，西府海棠既香且艳，张爱玲化作无香的海棠独对人生的西风，将自己包裹收缩，从一朵绽开的花向内生长，退缩内敛，远离了红尘滚滚的尘世，独处美国洛杉矶一公寓内，完全封闭自己，孤独地度过了二十多年的幽居生活。最终一人仙逝于公寓，骨灰飘洒于太平洋。孤独的她怎能闻得到海棠的香气呢。出名当趁早的她，一出道便惊艳文坛，如一朵灿烂妖娆的海棠，盛开在自己世界里，孤芳自赏，也闻不到自己的香气。她的开放全然是为了拒绝凋谢啊。

　　一般的海棠花是无香味的，只有西府海棠既香且艳。其实，无香的垂丝海棠和木瓜海棠，也是有香气的，花谢了之后，结出香甜的海棠果，那应是另一种芬芳馥郁啊。

柳笛声声

柳笛声响起了，一个秾酽丰盈的春天就来了。

清丽的声音如炖得黏稠的小米汤，日日响在村口、田塍、耳畔，将悠悠的日子拉伸、牵引、填充、滋润，严冬里褶皱枯涩的日子也在这汤汤水水般的声音里朗润了，活泛了。伴着袅袅的炊烟，悠长的牛哞，一个清新的春日才让人更觉得有情有义了。柳笛是春天这场盛大喜事里红火喧阗的锣鼓，它使新娘更俏，新郎更憨。有了声声的柳笛，一个个冗长的春日才浆液丰沛，风生水起。人们才慢慢品味出了日子的甜美，莹亮，如同擦拭一新的琉璃，照得出眼前和以后清亮饱满。

哪个农村的憨伢子不会做柳笛，吹柳笛呢，那是跟拾柴火，打羊草，随着大人下地干农活一样轻省熟练的。

柳树在吹面不寒的杨柳风里变得柔婉了，像春情萌动的女子，舒展着曼妙的身姿。柳枝芽苞甫绽，如小小的逗号，渐进着春天的进程。猴一样的小子们蹿上一搂粗的大柳树，扯一把柳条，大把地扔到地上，地下的孩子就蜂拥而上，你争我抢，开始做柳笛了。拿一枝柳条截头去尾，左旋右拧，柳枝的皮鞘就与中间的柳棒脱离开去。但性子急的往往扯破了皮，只能前功尽弃，从头再来。等什么时候心平气和了，得心应手了，一枝长长的柳笛才做成。将雪白的柳棒抽出，那是舍不得扔掉的，每个孩子都会做一样的动作，那就是将柳棒放到嘴里吮一吮，哑一哑，柳棒上的汁液如同春日的佳醪，让人啜饮不尽，每个孩子都会一样享受的沉醉。清新微涩，苦中带甜，那是任何一种滋味都不能比拟的，那是春天的滋味，春天的芬芳啊。拧柳笛的孩子是最早知道春天的。他们用味蕾读懂了通往春天的道路。

柳鞘抽出来了，用小刀截齐，再用指甲刮去表皮，只留下里面的内皮，就开始做调音工作了。做柳笛的技巧全在这里。做得好的，声音洪亮如洪钟，清越如笙箫；做不好的，声如牛哞，羊咩，呕哑嘲哳难为听，让人捧腹。柳笛响起来，春天才真正成为大地的主角。

驼背的二叔是做柳笛的巧手。同样一根柳条经他的手做出的柳笛，声音圆润，高亢激越，让人沉醉。能吹出百鸟朝凤，让众鸟喑哑；吹出二泉映月，让大地呜咽。听着他的笛声，都会一样地跟着他自失起来，声音缠绕着每个人的心，难以自拔，心里是疼疼的甜，甜甜的疼。说不出的喜欢，说不出的感伤，我们都沉浸在他的故事里，跟着心生涟漪。因为那是春天里最美的声音，也最伤人也伤己。人们都说，那是他的心在歌唱呢。

二叔的驼背是年轻时得下的。年轻时的二叔是一表人才，十里八乡的媒人踏破了他家的门槛，争着把乡里最灵巧的姑娘说给二叔。二叔还年轻，已如春日里的白杨树挺拔俊秀，沐着幸福的阳光。以后的日子是一眼就可以看穿的明媚平展，二叔的柳笛让二月里的春风鼓荡，春水泱泱。

那一年，桃花开得正艳，一场连绵的冷雨让春天倒退，大地凋零。开了一半的桃花香消玉殒，花容憔悴，落了一河的艳艳的花瓣顺流而下，让人感伤。哎，恼人的桃花雨啊。

村东的小清河里，一个挖野菜的邻村女孩失足掉入河里，挣扎着呼救，正路过的二叔毫不犹豫地跳入冰冷的河水，在河里载沉载浮地泅渡了好久才终于救上了那个女孩。而上了岸的二叔却瑟缩得如桃花褪尽的桃树枯枝，在冷风里抖成一团。从那以后，二叔就感到腰脊疼痛，紧接着挺直的腰背明显的弯曲了，高大的身子在以后的日子里完成一张弓。原先的以二叔为荣光的姑娘们远嫁他乡了，媒人再也没踏进他的门口。二叔的家冷落得如同秋后树叶凋尽的干枯枣树，孤独地站在瑟瑟风中。以后的几个春天里，我们再也没有听到二叔吹起的柳笛声。二叔的春天过早地凋零了。

一年回家听到母亲说，二叔领养了一个弃儿，已经三岁多了，那小女孩跟二叔一样灵净可爱。大概是上天看二叔寂寞，让那个机灵的孩子来陪伴他了。他们原本前世就是父女啊。听了母亲的话，我心里是润润的，如同沐着了小雨，紧缩的心感到了前所未有的轻松。是啊，二叔是个有情人啊，他不应那么孤独的。

从那以后，每个酽酽的春日里，一声声明快的柳笛就从二叔家的院子里飘出来，二叔在教女儿做柳笛呢。稚嫩的欢笑让二叔家的那棵桃花开得更艳了。我知道那个远离二叔许久的春日又回到了二叔身边。

因为柳笛响起来了，一个秾酽丰盈的春天就来了。

苦瓜的哲学

一直以为，苦瓜是夏日菜蔬里悟道最深，也最有禅意的菜。它像隐于市朝的大隐，在熙来攘往的尘世里不急不躁，箪食瓢饮，在俗世的烟火人生里过着粗茶淡饭的清淡日子，清心寡欲，忘世，忘俗。

清晨早市里，那个推了单车，在姹紫嫣红的菜市里找寻一味苦瓜的人，一定面容清癯，心性淡然。如同寻觅一位相知已久的红颜知己，别的菜品都是过眼云烟。今晚的餐桌上只有它能解自己的心。

苦瓜貌丑味苦，浑身的褶皱骨突就是一个饱经沧桑的老人，有多少苦都写在了脸上。一副人生在世不称意的样子，让常人难以相谐。那一脸的苦相与珠圆玉润的番茄、甘蓝、辣椒、茭白、莴苣相比，后者们让人甘之如饴，而苦瓜则让人避之不及。第一次吃苦瓜的人满脸的苦相就是一只浓缩的苦瓜，让人很难一下子爱上它。苦瓜是生活优渥，快意人生的快男靓女们所不能接受的。日子里的甜蜜阳光还没有享受够，怎么能让苦来搅扰呢？因此，苦瓜只是种在菜畦篱落的一角，孤独地将时光慢慢咀嚼，将所有的光鲜甜美滤去，静静地收集整理着被别人丢弃的苦，提纯萃取，小心收藏，包裹在日子的深处慢慢发酵，等待需要它的人来撷取。

如果说快绿怡红的黄瓜茄子们是懵懵懂懂鲜活亮丽的青春时光，那么苦瓜则是尝尽百味饱经风霜的耄耋老年。酸酸甜甜是足够销魂宜人，刺激着味蕾感官，但只是像夏日里的一场疾风骤雨，并不能带来长久的清爽。而苦则是深沉的，像掏心窝子的嘱托，直达你的内心，在最深处打动你，让你清醒现实。前者光洁莹润，后者深重绵长。前者是快意恩仇，情天恨海；后者是古道热肠，世道人心。其实，苦瓜是俗世一剂不可或缺的良药，让我们知道生活里除了光鲜明媚，甘美膏腴，还有一些美中不足，瑜中有瑕。苦味往往比其他的味道更真实，深刻。

其实，苦瓜的苦是与众不同的。民间传说，苦瓜有一种不传己苦与他物的特点。用苦瓜做菜，它不会将自己的苦味传给鱼、肉等菜肴。所以，古人赞誉苦瓜有君子之德，有君子之功，又称之为"君子菜"。苦瓜不会像一个满腹委屈抱怨的怨妇一样，将自己的苦反复诉说，只是静静地收藏，独自地品味，因为它知道，苦也可以留香。

其实，苦瓜的拥趸者还是很广的，从它的栽种范围就可以看出，从它的原产地东印度热带，到我国的各地都有栽培。就像君子的德行，厚德载物，遍及天地间，广为人们接受。真正懂得它的人都知道那种苦也是人生一味啊。

苦瓜肉质脆嫩，苦味适中，细细品尝苦中有香，炒食，凉拌，腌制，榨汁，都能独具特色，独成一品。它的吃法也很多，如凉拌苦瓜丝、绿豆苦瓜汤、苦瓜炒腊肉、干煸苦瓜、鱼香苦瓜、尖椒苦瓜、糖醋苦瓜、冬菜苦瓜，不一而足。它的君子之德也自有其高超脱俗的一面，既出现在平民的饭碗里，又装点着钟鸣鼎食之家的肴馔。

在古今食谱典籍里，苦瓜却是备受推崇。清朝王孟英的《随息居饮食谱》记载：苦瓜清则苦寒，涤热，明目，清心；可腌可酱，味甘兴平，养血滋肝，润脾补肾。现代医学证明，苦瓜具有归脾、养胃、清心、护肝的疗效。还能清热祛火，解毒明目，补气益精，止渴消暑的功效。还能降血糖，是糖尿病患者的福音。苦瓜里含有的高能清脂素，具有减肥的功效，常被作为减肥秘方的当家花旦，为美眉们护持曼妙的身姿。原先养在深闺的苦瓜，现在广为大家接受，大有一夜成名的火爆。

早时读清人叶申芗的《减字木兰花·锦荔枝》："黄蕤翠叶，篱畔风来香引蝶，结实离离，小字新偷锦荔枝。但求形肖，未必当他妃子笑。藤蔓瓜瓢，岂是闽南十八娘。"词填得轻灵活泼，词中的锦荔枝一如邻家女孩，温婉可爱，巧笑倩兮，美目盼兮。并不知道原来就是苦瓜啊。词家的妙笔让苦瓜摇曳生姿，不让群芳。

其实，苦瓜还有其他的名字，如菩达、菩提瓜，与菩提有了姻缘，也让苦瓜佛性普照。还有如红羊、恒菜，"红"字轻灵可爱，"恒"则意味隽永。

学习山水画的人都知道清初四僧之一的苦瓜和尚，他就是明末皇室遗胄的石涛，这个没有生活在皇室的皇族后裔，在自己的山水画作里独自经营着自己的世界，在里面做君临一切的王，用自己的画笔营造了另一个帝国。他自号苦瓜和尚，餐餐不离苦瓜，甚至把苦瓜作为案头的清供，他与苦瓜同病相怜，把苦瓜作为自己的精神殿堂，住在里面，不管春温秋肃，不与世俗交通。他的苦可能只有他自己品味得出。

其实，不管苦瓜的前世今生如何的迷离厚重，夏日里有一盘凉拌苦瓜端上案头，带来的总是盈盈的凉意。有苦瓜相伴，这个夏日不再是苦夏了。

榆钱情怀

　　小时候，读韩昌黎的《晚春》：草木知春不久归，百般红紫斗芳菲。杨花榆荚无才思，惟解漫天作雪飞。丝毫没有黛玉潇湘馆里的情愁悲切，倒觉得满心欢喜。大自然你方唱罢我登场的热闹，让人应接不暇，欢喜还来不及呢，哪里有抑郁伤感之情。只是觉得灰头土脸的杨花榆荚也跟着缤纷的桃李斗春比美赶热闹，委实有点自讨没趣。百花如淡妆浓抹的当家花旦，是春的主角，怎么看都好看。而榆柳则是年老色衰的老旦，再怎么卖弄也是扭捏作态，往丑里去了。

　　然而，审美的愉悦抚慰不了辘辘饥肠。待到母亲们端出一碗青绿爽口的榆钱儿粥，或者是一笸子榆钱儿饭团子，孩子大人们没有不欢呼雀跃的。榆钱的好处只有用肚子才有说服力。这让原先低看了榆钱儿的我们，自觉口是心非了，哪有占了人家的好处还低贱人家的，那就是乡里人骂的"白眼狼"了。榆钱儿貌丑可充饥，世俗可为用，再比起那些只知多情招摇的繁花，让人觉得高下立现了。榆钱儿出落得俗气而不张扬，如同沐着烟火过日子的乡下娘子，浆衣做饭，理家耕织，样样上手，将寡淡的日子调理得有条不紊。榆钱儿让人心生爱意，方觉胜却繁花无数。

在乡下，到处都是榆树的影子。房前屋后，井台路边。榆树跟农夫一起吐纳山川四时之气，长得阴郁繁盛。春天，榆树结了一树榆钱儿，吐绿绽翠，像一树树写意的中国水墨画，粗线条勾勒，气势饱满。一枝榆钱儿就是一串绿钱，养眼解馋，可啜可餐，让人喜欢。做成榆钱儿饭，没一个不爱吃的。因此，榆树是农人的芳邻。

榆树其貌不扬，没有杨柳的婆娑风姿，松柏的挺拔高俊，土里土气的，就是像是忙完农活的农人，闲散的或蹲或踞的散居在茅屋草垛之间。榆树成材慢，难砍难伐。生活中那些迂讷笨拙之辈，固执不开窍，让人急不得躁不得，必须合着他的节拍，因此也被叫作"榆木疙瘩"。其实，这何尝不是偏狭之心在作祟。"榆木疙瘩"是掏心窝子的实诚，天地可鉴的肝胆相照。

榆树丑得干净洒脱，自然率真。在木匠眼里，榆木因其木性坚韧，纹理通达清晰，硬度与强度适中，成为上好的木材，适合透雕与浮雕。它刨面光滑，弦面花纹美丽，能与珍贵的"鸡翅木"媲美，且材幅宽大，质地优良，变形率小，与南方的榉木有"南榉北榆"之称，这让榆木长了身价。成了木材中的美男子，伟丈夫。世道人心只有温热的日子才能鉴别得请，一面之交往往被蒙蔽了。

榆树以自己的实诚，贴近着庄稼汉的日子，让日子有情有义。更是因为这一点，榆木比其他矫情的树更能接近神祇。早期的榆木家具多以供奉为主。宽厚坚韧的榆木被做成祠堂庙观里的供桌、供案，成为最接近神灵的宠儿，传达倾听着虔诚的人们发自肺腑的与神灵的低语。"榆木疙瘩"却比任何其他的东西更多了一份灵气神性。榆木家具还因其质朴天然的色彩和韵致，与古人推崇的做人理念相契合，备受青睐，成为达官贵人文人雅士的案牍之伴。

最浮躁的往往是最肤浅的，最内敛的往往是最深挚的。榆树以自己的生前身后事作了颠覆性的告白。张扬浮躁从来经不起时光的磨洗，只有默默无闻，恪守质朴的理念才能恒久长远。这一点榆树做得比任何树和人都好。

夏日歌者

蝉是乡村的皮鼓艺人，用自己嘹亮的鼓点或歌喉将乡村的夏日填得满满的。在蝉声齐鸣的合唱中，夏日的乡村呈现出迥异于其他四季的亢奋：庄稼抽筋似的疯长，用最浓最稠的绿意洇染得田野没有一丝杂色，到处是淹没一切的绿；出没其间的庄稼汉，作为庄稼的情人，无论是荷锄而立，还是摇犁耕耘，他的步子总是应和蝉鸣的鼓点，踏歌而舞的。

每一个能倚枝而唱的蝉都是幸运的，因为它逃离了无数劫掠的饕餮般的眼光。蝉虫从洞穴钻出地面开始，便向着通往充满阳光的天堂或者死亡的地狱跋涉。前行的路陷阱遍布，刀斧如林，然而挡不住那展翅晴空下的召唤。向前，向前，再向前。大地阳光，羽化飞升，让一切变得微不足道，也无所畏惧。蝉的幼虫要在地下待四五年的时间，近两千个无尽的漫漫长夜，让这个黑暗养育的处子，行走在从地狱通往天堂的路上。地狱早已下得，又何惧其间的风霜刀剑，烈烈油锅和贪欲之口呢？

阳光是指引它飞升的神祇。谁能将一只臃肿丑陋的幼虫与一只垂緌仗剑、超然高蹈的蝉联系在一起呢？为了拥有一双丝质的透明翅膀在烈日下飞翔，它脱胎换骨，蜕掉重重甲胄，涅槃重生。当第一声蝉鸣在林间高树间奏响，大地凝神，万籁无语，天地动容。这是这个季节最美的咏叹，足以穿石裂云，振聋发聩，让贪婪的目光仰视感叹战栗！

看着楚楚动人的酒店侍应生端上一盘油亮金黄的油炸蝉虫，如花笑靥，调和着每个人的胃口。吃腻了生猛海鲜大鱼大肉的食客们眼光发亮，唾液急遽分泌，胃肠加速蠕动，纷纷挥臂上阵，大快朵颐。我仿佛看到一千只，一万只蝉翼在阳光下纷纷凋落，一片片山林变得暗哑。

盘中的金甲武士，金刚怒目，目光如炬，高举大刀，却阻挡不住牙齿的咬啮，喉结的蠕动，胃液的消解，一切防御都土崩瓦解。而对于听惯了蝉鸣的我，无论是酥炸、干煸还是油爆，都让我内心战栗，难以下箸。

因此，视蝉鸣为聒噪的人们，与其说是厌弃，毋宁说是嫉妒丛生。对于不能长出翅膀的我们，却习惯于将一只只美丽的翅膀蚕食鲸吞，吞吃成百上千只蝉的结果并没有让人们生出御风而行的翅膀，而是让我们大腹便便，肚腩肥厚。

当做果农的表兄向我炫耀他一个夏日的辉煌战果：他用一个晚上就能捕捉一水桶知了龟。我听到夏日里一声尖厉的声音，如穿云裂帛之声从空中传来，让阳光苍白失色。我没有理由去制止表哥的行为，我知道我的唐突只能换来尴尬和难堪。因为他背后要面对的是化肥农药，以及被层层剥皮一般换来的不足我在城里一桌酒饭的收入，眼前的怜悯是何等的微不足道。

据说，人类的变本加厉式的掠夺，已让非洲及其以外的野生大象濒临灭绝的境地。人类对大象的欲求仅仅是那颗珠玉般的象牙——如同取之于鲨鱼的鱼翅。人类积累的经验证明它可以辟邪解毒，以及制成象牙戒指项链环绕于美人修长的颈项，仅此而已。而大象已经向人类开始反抗。新生的公象已经开始拒绝生出使自己丧命的象牙。科学家说，人类的掠夺使大象的进化加速了五百年。我知道还有很多事情在人类的影响下发生着急剧变化，这是命运之幸？之痛？我感到茫然。

但我更愿意看到蝉的反抗。不是有的人畏惧于吃掉蝉以后的过敏不适，而畏之如虎吗？

还是让我们再重温一下法布尔对蝉的咏叹吧：

四年黑暗中的苦工，一个月阳光下的享乐，这就是蝉的生活。我们不应当讨厌它那喧嚣的歌声，因为它掘土四年，现在才能够穿起漂亮的衣服，长起可与飞鸟匹敌的翅膀，沐浴在温暖的阳光中。什么样的钹声能响亮到足以歌颂它那得来不易的刹那欢愉呢？

愿蝉声永恒！

杏花，杏花

　　我又一次与杏花失约，虽然植物园里那株唯一的杏树近在咫尺。

　　春至寒轻，我来了，而杏树仍然铁干萧索，形销骨立，我怅然而归。我又一次经过，杏树已经香花委地，香消玉殒，让人神伤。我问母亲，杏花到底什么时候开？母亲说，桃花开，杏花败，栗子花开卖苦菜。杏花是开在百花之先的。

　　杏花的开谢委实让人难以把握，就像可遇而不可求的情感、灵犀、迷梦，半夜来，天明去，缥缈虚幻。《红楼梦》里，黛玉葬花葬的是桃李之花，"柳丝榆荚自芳菲，不管桃飘与李飞"。可我总觉得杏花的开谢要比桃李来得飘然去得讯忽，更符合寄人篱下的黛玉的身世之悲。因此一片片随风而谢的杏花，更能让人愁思满怀。相信眼见红消香尽的杏花，黛玉的心城更是一片荒芜。

　　宋人毛谤《浣溪沙》写道：魏紫姚黄各占春，不教桃杏见清明。让人感愤。凡世的不平、霸道，竟在高洁的花间也难讨公道？魏紫姚黄是牡丹花中的极品，雍容华贵，国色天香，夺人心魄，让人注目驻足，哪还容得桃杏一席之地。的确，桃杏是过不了清明的。牡丹在这里成了辞严色厉权倾一朝的正宫娘娘，集三千宠爱于一身，而桃杏则是独贬幽宫的妃嫔，孤灯清卷了残生。于此，我极不喜牡丹花，尽管它是富贵荣华的烫金徽章，是自李唐来世人甚爱之花。其实，世人的好恶，又何尝不唯帝王之马首是瞻呢？

杏花一袭素衣，如眉清目秀唇红齿白的乡下女子，远离镁光灯和都市的霓虹，出现在乡间篱落，路转溪头，茅檐屋后。杏树身量苗条，体态婀娜，伴着晨昏炊烟，打理着冗长又充实的日子。柴米油盐，缝缝补补，一身烟火气。没有大悲大喜，只有清风朗月般的清明澄净，骨感线条，淡抹眉梢，出落成国画里疏疏朗朗的水墨女子。守着家乡的皇天后土，在唐诗宋词里，一站就是千年。

"小楼一夜听春雨，深巷明朝卖杏花"，那穿着蓝地白印花布或白地蓝印花布衣服的姑娘，迤逦走在青石板的小巷里，叫卖着整个春天。"绿杨烟外晓寒轻，红杏枝头春意闹"，一枝杏花占尽春光，为春着色，让大地春回。因此，杏花的开谢是连着整个春天的。尽管它的开谢倏忽，让人叹惋。但相比那些死皮赖脸般占尽整个光景的玉兰、月季等花儿，它却让人更加感动。因此咏杏花者多，而咏月季、玉兰者少。

桃花有单瓣、复瓣之分，而杏花只有单瓣的，清清寡寡，色淡香幽。"红杏枝头春意闹"那已经点染了过分的诗人墨客的诗情在里面。桃花单瓣的也要比杏花妖冶，复瓣的更是风骚。如今各地的公园里，为吸引游人而引进培育复瓣桃花，占据了大半个园子，花深似海，但也只是花而不香，以致连蜂蝶也不至。层层的花瓣像整过容的脸，虽然堆积起满脸的笑容，却不真实，并且这种桃花是华而不实的，因此开得像大片的谎言。杏花则是清水芙蓉。

杏花开过，桃花便接着鼓噪上台，开得人烟阜盛，热闹喧哗。而后百花才姗姗而至，占领春天。而此时杏花已落尽，满树青绿。"花褪残红青杏小"，倒也可爱稚气；"梅子金黄杏子肥"，已是蔚为大观，呈现另一种气象，另一种美丽了。

招摇的牡丹宣泄尽了风情之后，便繁华不再，销声匿迹了。富丽堂皇的牡丹园已少有人来。华而不实于杏花和牡丹已有分明。其实，我们不必过分地苛责，喧嚣吵闹是内心空虚的遮掩，真正充实自然的不必去计较那些虚名浮利。因为只有时间才能说明一切。美好的东西总是在寂寞里慢慢长成。

桃　夭

　　小时候看金庸的《射雕英雄传》，很是神往于那桃花漫溢的桃花岛的风光。桃花盛开，温暖亮丽。这也给那个以"东邪"为名的黄药师平添了几分柔和可亲的世俗气，不再只是一个魔头形象。桃花年年开，年年谢，皓首银须的他为亡妻祈祷守候的痴情不知感动了多少少男少女。

　　桃花是乡村生活的底色与背景。它不择地势，不让贫瘠，开遍了河湖沟汊，荒山秃岭。涤荡了冬日的苍白晦暗，点缀了一个个缤纷的春天。桃花一如一身红艳健康俊朗的村姑，与我们如此亲近。所以，随便在那个村子，只要站在村口地头，亮开嗓子喊一声"桃花""春桃"，就会有无数衣着艳丽、如同桃花、清纯可爱的姑娘回眸转身，笑生两靥，回报你一朵明媚的桃花笑脸。她们有着桃花一样的美丽。

　　因此，桃花是离我们最近的花，是我们身边的花。"桃之夭夭，灼灼其华"，桃花开在了《诗经》的河畔，花香熏蒸了一部华夏文明的史册。"榆柳荫后檐，桃李罗堂前"，五柳先生原来也是深爱桃花的。他将桃花栽种在房前屋后，这样，秋有菊花可览，春有桃花可阅，归隐的日子便繁花似锦，尘世的生活也因为有了桃花而如此绚丽灿烂。而在沈家花园，汉家御苑，有的只是雍容华贵的牡丹，清香沁人的丁香，惹人垂怜的虞美人了。却找不到桃花的影子。雍容是身份的象征，华贵是地位的显现。而桃花是属于乡野的。

所以，每一个有乡村生活经历的孩子都会有一个被桃花浸染得肌肤香彻的记忆。家乡的慈母山便开在了我的童年。冬去春来，桃花盛开，慈母山如同一位盛装的新娘，流光溢彩，笑语含春。我忘记了不知多少个在晚饭飘香的黄昏日暮，母亲们喊破嗓子的一遍遍催我们回家的声音。我们如误入桃花源的武陵人，寻向所志，不复得路。我们一律跌倒在春意盎然的桃花的包围之中了。至今，那个盛大的背景还一次次在脑海中回放、定格，笼罩了我的童年。

而木秀于林风必摧之，皭皭者易折的俗语给予的警示，似乎成了嫉妒者思维的定式。桃花在此没有幸免。桃色成了所有羞于提及的不光彩的事情的隐喻，它如一阵诡异迷离的蛊惑之光，游荡在宫廷王室之上，让人避之不及。但这只是停留于纸醉金迷的宫殿，而一经山野之风的吹拂，桃花还是本来的桃花，娇而不媚，艳而不妖，点燃了乡村的每一个黎明与黄昏。

读皮日休的《桃花赋》，云桃花因其繁，遭到一些世俗小人的鄙视，独皮氏推崇之，极赞"其花可以畅君之心目，其实可以充君之口腹"，并言"我将修花品，以此花为第一"。桃花可爱，皮日休因爱桃花也显得可爱。还有什么比桃花既能充塞皮囊，又能赏心悦目的呢？让那些被华丽晃了眼、被桃花露了丑的自以为高雅的人们去自命清高吧。

华而不实于桃花是个例外。

寂寞梨花

是一个漫阴天，我去看梨花。铅灰色的云，帘幕低垂，触手可破。我知道，一场春雨正在酝酿着。

春雨于百花万物其实是有福的。但我心里，却惦记着那一片花事正繁的梨花。雨的光顾于梨花来说，该是悲欣交集的。如同一个盛装待嫁的女子，外面的锣鼓已喧天，接新娘的轿子已掀起帘栊，新郎正翘首等待。一种新的生活开始了，必然伴随着另一种生活的结束。而前山有路，后山风雨，将来的许多日子又不是能在遥望之中的。雨带来了新生，其实那是以缩短了梨花生命的花期为代价的。

梨花浩瀚的花事怎么看都是梨花最温暖的千言万语，吐不尽的芳菲心事啊。哎，一场雨来了，谁是你天空下的遮蔽？还是把一切都交予这春风春雨吧。连同施与的跟报还的。

看着眼前醉成花海的梨花，让人怎么形容好呢。素面常嫌粉污，淡妆不染唇红，应该是形容梨花的吧；玉骨那愁雾瘴，冰肌自有仙风，更应该是说梨花的。望着泣红如海的梨花，每一个动情的人都会在内心里有丝丝缕缕的生痛。梨花让人想起了刚刚过去的冬，想起了雪。梨花应该是春天里一场更为广大的雪落吧。枝头已绿叶招摇，春风已吹过田野山岭。一定是雪呀，她又化作铺天盖地的花事，覆盖了大地，也覆盖了整个春天。不忍离去，欲说还休，欲去还留。此外谁能这么多情？她要待到春天坐稳了江山才香消玉殒。

一直以为，梨花是简静的花。只应生在村舍的篱落、檐角，深山的溪涧、幽谷，远离红尘闹市。春来一树灿烂的繁花，落蕊，秋去一树橙黄的梨果、秋叶。一开一谢，一荣一枯，就是一生一世啊。梨花只应与清风为伴，明月为友的，离滚滚的红尘很远，离俗世的生活很近。她应是《白蛇传》里的白素贞，披一身袭人的素服，开在寻常人家的枝头巷陌，梨花是唯一可以穿一身素衣白裙终老一生的花啊。

美好的事物总会毫无阻碍地潜入每个人的心底的，温暖着，抚慰着，修复着心中的残损之处。看着眼前的美好的梨花翻飞，如白雪飘飘，心中涌动着温热的潜流，我能听到自己身体里玉碎冰摧的断裂声，阵阵尖锐的剧痛穿云裂石，将另一个我重新复活。甜甜的，迷离的，又惘然若失。

樱花乱

安妮宝贝说，樱花是最尽情的花。它常常在一夜间迅猛地开放，突如其来，势不可当。然后又在风中陨落，了无踪迹。樱花的开落是如此的壮烈，让人叹惋，看到让人心痛，会有一种肌肤被划破的痛楚。

这些倏忽而来，又倏忽而去的精灵样的花儿像什么呢？我兀自苦苦思索。像自然界里极具摧毁和杀伤力的飓风，吞噬一切，摧枯拉朽，毫不保留，似乎有点残酷生硬了；像苦闷的人久久压抑在内心又瞬间释放的某种情绪，又似乎太苍白无力了。即使像，但这都不能让人动容，垂泪的，只会让人颤抖，惊恐，避之不及。那它像什么呢？或者说什么像它呢？真的一时很难找到类似的参照。

日里闲来无事，园子里樱花纷飞，伴着细雨，边开边落，像说不尽的陈年往事，絮絮叨叨。而风雨的凄迷，更助其凄切缠绵，让人顿生寒意，忧从中来。纷纷扬扬的落樱，拦都拦不住，劝也劝不了，感天动地。怎么就不多留一刻呢？急着去赶赴什么呢？难道还有什么比这大好春色更让人留恋的？樱花让人难以理解。

置身这樱花飘落的氛围中，再坚强的堡垒，也会土崩瓦解；再坚强的人，也会动容落泪的。在花开花落里，人是不能置身事外的。

这一点上，樱花的飘零多像雪落啊。边开边落，不也是一场浩无边际的大雪啊。雪是从天外更大的巨树上落下的花，樱花是从身边的樱花树上落下的雪。不一样的来路，却是一样的姿势：轻灵、飘洒、无所拘谨。都让人想到鸟的羽翼，想到飞翔，都是热烈奔放，义无反顾，不计后果，决绝地投向大地的怀抱。樱花的飘落在任何时候，都呈现出如朝阳一般的喷薄之势，无可遏抑。因此，在日本，樱花又名"花吹雪"。多么诗意的名字，这样的名字只配得了让人神伤的樱花啊。原来，雪就是它的前身啊。

樱花还在开着，落着；落着，开着。如节日的焰火，绚烂之至也是湮灭之时。这两者的光彩绚丽都是不经过渡就直接转入空芜、黑暗。因此，看樱花，看焰火看到堕泪的人是真正懂得它的人啊。在他的心里看到的是凋零、寂灭，是虚无，是看尽一生的苍茫啊。哪里还能带得了笑声的。那种感觉是用钝钝的锉刀生生地划开自己的皮肉，直让人痛到木然，也不能喊出的。因为，只有自己知道的感觉是不能诉说的，心里的痛，别人是无法替代的。这场自然界上演的盛大的舞剧，没有乐曲的伴奏，没有灯光的摇曳，却更让人的心在瞬间瓦解。樱花一片片香消玉殒，化蝶而去，不带走什么，不留下什么，像一个华美的不能再华美的手势，身影，迷梦吧。只能让梦醒的人倚窗叹惋。

樱花的飘落还像什么呢，它又多像是美好的青春啊，来时光芒四射，珠光宝气，感染人，悦动人，温暖人，让人心潮澎湃。什么都在为它让路，为它赞叹，击节而歌。它浩浩荡荡，如春水的汪洋恣肆，不可阻挡，什么都要为它让路。为它伴奏。它是当仁不让的春天里的神。它的优点，连同缺点，都是完美的，就如同太阳的黑子和耀斑，都是让人炫目的不能直视的盛大光明啊。只有这富有的青春才能如此光芒四射，不吝抛掷啊。抛洒吧，抛洒吧，尽情地抛洒吧。你是富有，你是荣光啊。每一片花瓣都是饱胀的春光，都是来不及花尽的最大面额的钞票。抛洒吧，抛洒吧，尽情地抛洒吧，留着又有什么用处呢？只有花出的才青春张扬，留下的都是废纸啊。

樱花是浓烈的酒浆，它甫一绽放，就饮醉了春天；又是引燃春天的导火索，为了这个刚刚诞生的春天，它愿意燃尽自己。看吧，在它的身后一场更大的春火已经熊熊燃起，向着更为宽广的天空而去，引燃出一个更为盛大的春天。

第二辑：野菜花开遍地香

学灯记

还是在读小学的时候，村里还没有通电，由于面临升初学考试，学校要求考试前要上晚自习。

晚上上课就要有灯，因为是没有蜡烛的，那只是逢年过节祭祖时才用的奢侈品，所以只能央求家人用家里的煤油灯，而晚上家里也要做活计，也离不了灯的。通常，母亲要在灯下缝缝补补，浆衣做饭，父亲要修一修白日用坏的农具，或者串串马扎，编个筐子。父辈们有永远忙不完的农活，父母就像只知付出不要回报的黄土地，用粗糙的双手年年岁岁收获着丰穰的日子。但孩子们不知这些，哭着闹着要油灯，往往换回的是一顿呵斥，或者是只能用上几个晚上。生活的重担将父母的脊梁压得弯下来，哪里还有心情考虑孩子的诉求，在大人看来，白天都不认真学，还要晚上点灯熬油，完全是应景。

碰了一鼻子灰，也难不倒我们，苦难日子中浸泡的乡村伢子，就像一棵长在荒山秃岭的酸枣棵子，经风沐雨，学会了像大人们一样在苦涩中生活。

044

于是我们就自己做起煤油灯来。

选材都是就地取材。把使完的墨水瓶洗干净，来做油瓶。灯芯也好找，就用家里的老棉絮，细细地捻成细条状。最难做的是包灯芯的灯管，没有合适的，只好用废旧的铁皮，卷成铁筒，将灯芯伸进去，再将灯管固定在凿好小孔的瓶盖上。这样，一个简易的煤油灯就做成了。

灯点起来了，荧荧的灯光照亮了一张张通红的脸庞，将白昼拉长，日里跃动的身心，在这恬静柔和的灯光下，被抚平，熨好，在这飘忽的微弱的灯光下，课本上的文字变得那么优美动人，朗朗的读书声和影影绰绰的光影呈现出一种迷人的境界。

但是，这种油灯，由于做工粗糙，油常常会从灯管的缝隙中渗出。火焰便自上往下地燃烧起来，亮是亮了许多，但更直接的后果就是，一瓶煤油用不了一晚上，还会把墨水瓶的塑料盖给烧焦，烧坏。家里要用一个月的油，没几天就被自己给浪费掉。因此，往往赚一顿揍。于是就仿制大人们造的灯。家里煤油灯的灯管是用旧的自行车上废旧的气门嘴做的，好处是不但不渗油，而且可以用旋转的螺母来调节火焰的大小，那简直是完美无缺。于是便到处搜集这种气门嘴。经过一番努力，终于制成了最节约的油灯，那个高兴劲就别提了，比过年得了压岁钱，考试考了第一名还要高兴。

油灯的用途是不光用来照明的，调皮的孩子从家里拿来花生、玉米，放到灯上烤着吃。一个这样做，其他的也跟着学。自习课间，教室里便弥漫着阵阵焦煳的花生玉米味。老师进来了，大家慌忙抹一把嘴，闭上吃得乌黑的嘴巴，好像与自己无关，此地无银三百两的浅陋往往在全体同学的哄堂大笑中结束。这种油灯烤的东西并不好吃，有一种浓浓的煤油味，但这种亲历亲为的人生体验，往往会成为人生中最清晰的记忆。

还有一种粗糙原始的灯，那就是蓖麻籽灯。用细细的竹篾串上七八个蓖麻籽，一盏简易的灯便制成了。蓖麻籽油性大，这样的一只就可以烧上个十来分钟，并且芳香四溢，整个教室便氤氲着好闻的香气。不像煤油灯的刺鼻味。

最神奇的灯当属是电石灯。将电石放到盛水密封的容器中，用一根铁管连接，便产生一种神秘的气体，点亮就如白昼，我从来都不知道世界上竟然还有如此神奇的现象，大自然造物诡谲变幻，让我相信眼前的平凡的万物果真与冥冥中的神灵有关，望着那鬼魅般的耀眼的亮光，我似乎看到一个个精灵、天使、人面兽身的光影在眼前飘飞。而不久前，村里一家因为是使用电石灯的人家被突如其来的光与火召唤而去，让我感到更加的不可思议。因此，后来很长时间我还对这种灯敬而畏之。

点灯的日子已成为遥远的过去，如今，妩媚迷离的城市霓虹使地球变成不夜的星球，蛊惑的灯光让人们睡反了觉一样昼伏夜出，让人们分不出昼夜。再也没有父母指着浩瀚空阔星光寥落的夜幕，让孩子去辨认哪是银河，哪是牛郎和织女了。没有了黑夜，也就没有了白昼。在没有了黑暗做陪衬的现在，生活反而黯淡了许多。

那照亮无边黑暗的一豆灯光，于今反而让我更加留恋，因为它曾为我照亮黑暗，不会在夜里迷失。不像今人是在白昼中的迷失。人眼睛的黑白融和划分了昼夜，白色需要黑色的濡养，黑色需要白色的陪衬。没有了黑色的包容，只剩下乜斜冷眼的旁观，那么，只会让人感到刺骨的冷。昼与夜是阴阳，是调和，是不可或缺的两极。

至今，我还是十分固执地怀念那童年之夜的温馨的一豆灯光，因为它照亮了我的童年，照亮了我的前世与今生。

野菜花开遍地香

看着野地里开出各色花朵的野菜，女儿欢呼雀跃，欣喜异常。在严冬肆虐后的苍白春日里，一朵朵小小的野花竞相开放，使这个春天来得特别早。这其实是乡间最寻常不过的野菜，纤细渺小，弱不禁风，但这临风而开的野花比任何枝头灿烂的桃李，更能代表着春天的广度和深度，更能引领春天的方向。

几阵春风，一场透雨，田野里青青绿绿的野菜便再也按捺不住，雨后春笋般地破土而出。荠菜、灰菜、马齿苋、蓬子菜、蒲公英、车前子、野茄子……叫上名的，叫不上名的，林林总总，满坡满眼都是的。看着这鲜嫩的野菜，倚锄而立的农夫是能够闻到中午的浓浓的饭香的。野菜润泽着目力的同时，让人能感到春天实至名归的益处。

挖野菜是最惬意的事情了。不用大人嘱咐，放了学，挎上筐子，孩子们像撒欢的小马驹，漫山遍野地疯跑，漏不掉脚底眼前的一棵棵野菜。这种是吃叶的，那种是食根的；这种可口，那种养胃。口口传承的生存技能，不会有丝毫的偏差。每个孩子都是辨识野菜的行家里手。天地的馈赠让这个青黄不接的春日显得格外大度慷慨。在每个烟囱飘起阵阵饭香的召唤下，每个孩子都满载而归。

回到家，择净清洗，一棵棵泛着清香的野菜在母亲们手里变幻出各种珍馐佳肴。清蒸、凉拌、腌渍、煲汤，母亲的巧手将每一个春天调剂得开心开胃。孩子大人们吃得齿颊盈香，回味悠长。野菜的清香让我们记住了春天的气息，还原出一个个本色的日子。

因此，每一个有乡村生活经历的童年，都是一个乡下人的幸福饱满的际遇，是根植大地的生活底气，自会无惧来路的风雨。无拘无束地生活在天地之间，如同一棵蓬勃的野菜，生命力会格外旺盛。

野菜是菜又是花。开在农民的田间地头，它们在每一个适时而至的春天里，随风而生，润雨而长，用渺小的身姿点缀着单调苍黄的原野，渲染了春天的色彩，让乡村的每一个日子丰盈而充实。

因此比之于枝头绚丽的桃红柳绿，朵朵野菜的花更能让人觉得日子的底实，有力。毕竟繁盛的桃李的花香只能带来视觉上的愉悦，而不能填充干涩的皮囊，营养健全的体魄。与妖艳的花儿相比，那些营养过我们肠胃的野菜是最值得我们一生感恩的伴侣。

五月槐花香

　　望着眼前的嫩蕊甫张的槐树，又想起家乡的槐花来了。仿佛看到满树的槐花如羽翼洁白的天使从天而降，漫山遍野，铺天盖地，从儿时的记忆中氤氲漫漶而来，将世界装点成一片银白。

　　春日的乡村，如一个热闹缤纷的舞台，花事赶趟儿一般，把乡村的日子填得满满的。在乡下，家家门前插柳，屋后栽杨，户户瓜果满院，桃李罗堂。因此杏花败了，桃花开；梨花谢了，樱花来。春天的乡村如同花季的少女，青春绽放，美丽张扬。

　　而槐花则如盛装的新妇，在五月的缤纷日子里，闪亮登场。少了些桃李的粉饰娇羞，多了些庄稼的务实低调。房前屋后，山南山北，槐花以它的平易朴实，填充着每一个冗长清苦的日子，成为童年记忆中的永不泯灭的风景。

　　几阵浩荡的春风，一场缠绵的透雨，那屈曲骨瘦的虬枝，由灰黑而泛黄到青绿，变得朗润鲜活，芽苞鼓胀，嫩芽舒张。那时候，家里的面袋已经见了底，粮仓早已瘪了肚，空落落的肚子也日日如山响。不知是从哪一辈开始，槐叶成了苦涩生活中接济青黄的"救命粮"。清晨，伴着露珠从枝头将粉嘟嘟的嫩叶摘下，洗一遍水，加一把玉米面拌匀，放到箅子上，盖严锅，开锅一把火，便清香四溢，引得饥肠辘辘。等打开锅，那金黄嫩绿的槐叶蒸饭，真是既养眼也养胃。那饱受胃液煎熬的壮汉往往如饕餮张口，食欲大开。正是凭了这一肚子的草粮，接了青黄，度过了春荒。可是槐叶易老，没几个毒日头，便长得生涩难以下咽了。然而，似乎天意垂怜，吐绿绽翠的枝头又催生出了满树的槐花。

那时候，农村槐树多，房前屋后，河岸沟汊，漫山遍野，荒山秃岭，到处都是。槐树生命力强，一如朴实的农民，不计贫瘠，不择地势地生长。到槐花盛开的时候，更是扯天连地，汪洋恣肆，到处都是花的世界。一棵是一树花，一片树就是一片海。枝枝相压，棵棵相连，片片成林，蔚为壮观。花盖住了枝，淹没了绿，笼住了山，让人沉醉，令人窒息。每当这个时候，村落的每一个角落都熏蒸着馥郁的槐花香，那种香气沁人心脾，彻入肺腑、肌肉、筋脉的清香，让人心旌摇荡，铭记终生。

在槐花飘香的夜晚凌晨，拥香入睡，伴香入眠，闻香而起，这是槐花给每一个人的真诚的馈赠。这种福分只有以槐花为邻的农夫才有得享受。

树下，扯槐花的，或姐弟合作，或父子相伴。用一茎长竿，将一束束花扯下，其余人便欢呼雀跃，你争我抢。往往先拣那最嫩的槐花胡吃海塞，大快朵颐，直吃得汁液沾湿衣襟，然后才拾入筐中。现在，如果说有一种花儿能够入口，那一定是一种风雅诗意的事情。然而，谁又能知道那以苦为甜的生活的个中滋味呢？因为，槐花吃多了是会全身浮肿的。

眼前，槐花又开了，每一朵花都是一只振翅而飞的天使，每一串花都是一个洁白无邪的精灵。香气袭人，直沁心脾，让人沉醉。而那咀嚼槐花果腹的日子已经一去不返了，但是我们以及我们的后代都应记住那曾经浓稠的岁月。

　　槐花还是放蜂的最好的花源。每到春天，放蜂人如情人一般从南到北追赶着槐花的花期，酿造生活最甜美的蜜。从放蜂人手中买下一瓶槐花蜜，取一匙放入水中，看着它慢慢地溶化，感觉那不是蜜，而是一段美丽的情感，是透明的琥珀。在杯勺碰响的和声里，又唤醒、复原了自己多少个新鲜芳香的回忆。

　　槐花是开在桃李之后的花。没有桃李的缤纷绚丽，招摇妩媚，静静地开在农人的田间地头，是一种热闹之后复归平淡的岑寂，用自己的本色与清纯，守望着这片荒山秃岭，一如素朴的乡亲，在每一个月白风清的夜晚和艾草清凉的黎明，花开花谢，花谢花开。

温暖的白菜

白菜是温暖我们一冬的菜。菜窖里存有一窖满满的白菜，即使屋外天寒地冻，白雪飘飘，也会让我们感到温暖踏实。因为那是我们肚皮一冬的依托。

白菜是北方的菜。立秋点白菜是千百年来不二的定律。耽误了这个期限的懒汉们就只能站在田边，看着别人疯长的白菜而干着急，自己的菜永远也撵不上。到头来只能提着一棵棵暄腾的没卷好的白菜，瘪瘪的塞进空空的菜窖，然后端着空旷的大碗，吃着青菜叶子，思考着来年如何赶早下种。这就是：有钱买种，没钱买苗；误了一季，就误了一秋。白菜给懒汉们上了印象深刻的人生一课。

白菜是菜园里最出众的菜。她生长的过程就像开花的过程。叶片层层叠叠，像一位大方的村姑，浓绿的叶子像花瓣，像无忧无虑的心，更像不知烦恼的青春。看着白菜的铺展，人是满心欢喜的。我曾一直疑问：无所不能的造化为什么能够变幻出五彩斑斓的花儿，让人迷醉，却不能造就浓绿的花儿？为此，我曾不断地找寻。当有一天，我像一个农民一样，挂着铁锹，看着绿色满溢的白菜地，绿波奔涌，青春张扬，我的心不禁一颤，这吐绿绽翠的白菜不就是一棵棵开得汪洋恣肆的绿色的花儿吗？我一阵激动，像在人海中找到迷失多年的情人一样，热泪盈眶。

白菜是菜，但我觉得她又是特立独行的花。她没有因袭众花——花开花落的俗套，而是将花期逆转，将生命回溯。她的成长是由开放到含苞的过程。秋后，一阵严过一阵的寒霜下，白菜又长成了一朵含苞的花骨朵，密密匝匝包裹起来，像是藏起了什么秘密，秘密是什么，没人知道。因为即使我们用一冬的时间，吃掉一窖子的白菜后，白菜也没有告诉我们。倒是在冬天将尽，角落里一棵没吃完的白菜，在窗外还是万物萧疏，乍暖还寒时，冲破失水干枯的菜叶，蹿出了一根青绿的花薹，在暖气的熏蒸下，嫩蕊甫张，没多久竟长出了绿叶黄花，让看惯了灰暗苍白的眼睛为之一亮，感到赏心悦目，春意盎然。

我惊异于这一生两次开花的植物，一次开花走向成熟，一次开花昭示新生。我感到白菜是灵异的菜，更是了不起的花。神祇的力量让生命在轮回中两次绽放。

白菜的吃法很多，就连在农村的灶头上，连最不擅长做菜的农妇也会让白菜变化出不同的吃法。丰满的白菜调剂了一个个单调丰盈的冬天。

其中一种吃法是我最爱吃的醋熘白菜，切成细丝，急火速成，香脆可口。另一种是清蒸，将白菜去老帮子，剩下的连洗也不用洗，备好几棵。再将买来的猪大骨头或者自家的小笨鸡下锅蒸至七八成熟，然后将白菜一片片地放到锅里，再加上葱姜八角，细火慢炖，开锅就成。菜香肉香让胃肠滋润保养，一冬顺畅。

还有一种吃法是调白菜心，把白菜心细细切了，调以葱末、姜末、蒜末和辣椒，香辣爽脆里有微微的甜味。香辣像家常话，甜像话里有话，那甜，是白菜的本甜，是更细微的关怀。

母亲是操持家务的好手。将不太宽裕的生活调剂得丰衣足食，有滋有味。白菜褪下翡翠一样的老叶，被母亲洗净，用热水汆一下去掉青菜味，加上自家的豆面，为全家献上一顿可口的白菜小豆腐。吃了暖心暖胃，熨帖舒服。在母亲手里，白菜身上没有无用的东西。

如今，我住的大街上常有一位朴实的农村大嫂，推着一桶热气腾腾的白菜小豆腐沿街叫卖。满街清香，叫卖声悠长，如同她做的白菜小豆腐一样叫人回味隽永，滋味绵长。她那一声声"卖白菜小豆腐来"，甜软悠扬，仿佛是在召唤外出未归的孩子。乡音淳厚，让脚手架上的民工汉子们，停手伫望，手搭凉棚间，循着香气和声音仿佛看到了回家的路，白菜的根是连着土地和家乡的。

而今，花花绿绿的大棚蔬菜挤占了饭桌：矫情的西红柿、大红大紫的茄子、修长苗条的豆角成了当家的花旦，白菜成了无人问津的配角，难以引起吞咽的动作。但靠化肥和催熟剂催生的激情，怎能激起味蕾的反应？怎能填充骨骼的钙质并唱出白菜般清润的歌声？

今冬，几元一斤的豆角、菜花、香菇们，让几分钱一斤的白菜更加黯然忧伤。守着堆成山的白菜却少有问津的菜农们，如同冬日菜地里一棵棵褪尽了层层菜帮的白菜，只能抖抖地站着，再也没有吆喝的底气。

大雪覆盖下的菜田里，依然伫立在地里而没有找到归家路的白菜，裸露着苍白的身体，如荒野一样寂寞，让我的心失血般地疼痛。

没有了白菜的温暖，我不知道我们是否能过一个充实而温暖的冬天？

乡间草垛

草垛是村子最温存最动人的姿容，它连着炊烟、连着温饱，也连着庄稼人的最密实的日子。有几个草垛偎在房前屋后，那跟囤里有粮一样，是让人心里踏实，让人睡香梦甜的。

草垛是乡下人的名片，用土话说就是庄稼人的门面。如同庄稼人心底无私袒露无遗的心迹。日子过得灵光不灵光，充实不充实，全仗着草垛给撑着腰。要看一个人会不会过日子，就看他垛的草垛吧。高大浑实，饱满丰盈，如肩宽背厚，膀阔腰圆的后生，扯一把都要很费些力气，这样的一个草垛一冬都烧不完。这样的主人还有过不好的日子？而如果是松松垮垮，歪头大褂一般站着的草垛，大风一吹，稻草就四处飘散，推一把就醉汉一样东摇西晃的，草垛的主人肯定是个好吃懒做的二流子，自己都顾不了自己的主儿。因此在乡下给姑娘相亲，女方的贴心知己，姑姨妯娌会打看一下男方家的草垛多不多，垛得结实不结实，看了以后，这门亲事成不成就已八九不离十了。物如其人，将"物"改成"草垛"也是一个道理。草垛先将主人的底细未经允许就在太阳下晾晒着。这让那些技术不过关的人如同交不上考卷的考生，先将所有的尴尬写在草垛上，怅恨地一遍又一遍地推倒重来。到头来还是改不了歪瓜裂枣一般的秉性。只好由着性子，让草垛笑话自己一冬一春。

垛草垛是技术活，漫不经心或者心浮气躁的人垛不好。需要耐下心一点一点来，慢工出细活。先要选好基础，在地势平坦且高一些的地方垛，才能防水防涝。垒垛时最少需两个人合作，一个续料，一个摊匀，技术全在后者。草要摊平踩实到边，才能匀直向上，摊不匀就会斜肩塌背，松松散散，垛不到一半就不敢再垛了。否则，只能是歪倒。如同过日子，只有脚踏实地，才能步步不空。一层一层垒高了，用的不仅是稻草，更是沉淀下的过去时光，只有所有的日子充实饱满了，才能往高里长，往好处走。我也有垛草垛的经历，草垛把自己一点点抬高，我能触摸到更高一些的阳光。高过了屋檐，高过了树梢，心儿也跟着飘起来，站在高高草垛上的人，总会望到比眼前更远一点的地方。

草垛挨挨挤挤地立在村口、场院，让人心里踏实，如一村子的老人穿着皮袄，戴了毡帽在日子深处唠嗑。生活的饥穰，岁月的浮沉都在其中了。麦收要垛麦秸垛，秋收垛玉米秸、花生棵子、地瓜秧子和五谷杂粮的秸秆垛。那都是一年的总结。有经验的老人瞅一眼谁家的麦秸垛，如果像是丰乳肥臀的婆娘，就会肯定地说，这家伙今年收了至少五千斤麦子。站在村口的草垛是自己喂养大的牲口，即使是刚能干活的孩子，也不会在傍晚或月色下把手伸向邻居家的草垛。草垛是农人积攒下的所有日子，并用它来喂养偎暖自己以后的生活。

密不透风的草垛背后繁衍着不尽的村事。连成一片的草垛是笼在村子里的云朵，连着的是村子的烟雨人生。外面的人谁也猜不透把不稳一个深藏在草垛后面的村子。草垛边时常会放映一场电影，但电影并不能拴住所有人的眼睛。总有盛花期的青年男女会背离了主题，躲到草垛后面将爱情焐热。你可能在草垛的边上拾到一窝鸟蛋，也可能在一个午后的骄阳下，在草垛的深处看到一个被追捕多年的凶犯正在沉睡。草垛滋养着美好，也包容着另外的一些东西。让人感受到了草垛的淳朴厚实，一如庄稼人的秉性。而那些在光天化日下干了坏事的人，会在夜里睡觉时总担心着自己的草垛有一天会被人给烧掉。那被人烧掉草垛的人会痛苦地蹲在草垛边好好反省自己的干下的事。那满目疮痍的草垛很让他在村人面前抬不起头，不是草垛给他丢了脸，而应是他给草垛丢了脸。

炊烟是连着远游的游子的眼眸，草垛则温暖着游子身体。他会牵连出儿时的繁密的往事。

草垛是乡村冬日最后的温暖，草垛肥了瘦了，就是村子盈虚有度的日子。看着日益瘪下去的草垛，灶台下的农妇不得不忧伤地计划着以后的饥寒温饱。

其实，一个村子的老去并不是在人去楼空后开始的。而是先以一个个草垛的塌陷朽烂为标志的。没有人打理照看的草垛，就像是没人管理的庄稼，先衰朽下去。如今，村子里的草垛愈来愈少，很少再看到一个蔚为壮观的草垛了，有的只是或多或少的只能称为草堆的东西填充着村子。没有了那些坚实健壮的草垛撑腰，我不知道乡下的日子是否能依旧底气十足，那只会显出村子虚假的空旷。少了柴草的芳香，多了煤烟的笼罩的村子的天空，给人的感觉像是站在澡堂子里的镜子前，守着一面永远擦拭不清的镜子，看不清自己面目和以后日子的走向。

小巷乡音

　　飘雨了，是那种丝丝渺渺的细雨，无声无息。整个村落都笼上了梦幻般的薄雾。经年的老墙上，绿苔漫溢在墙角屋檐，更显得浓翠欲滴。

　　墙下狭仄的小巷里，偶尔飘过一把绚丽的油纸伞，如水韵烟花般倏地飘去了，只留下一串清脆的踏在青石板路上木屐声，余韵回响，涟漪般远去了。

　　看着雨丝绵密的世界，我的思绪也停滞在时空的一点，也使我分外地想念村落小巷的那遥远的悠长的声音。

　　儿时，一个村子就是一个自给自足的桃源，虽然是闭塞落后，物质匮乏。粮食田里出，果蔬园里有。至于日常所需的日用百货，则靠穿梭乡间的货郎了。一阵梆子，一根扁担，一只行囊，一张嘴巴，生活便在担子上颤悠悠地开始了。他们用婉转成韵的嗓音，靠约定俗成的器具，打破了村落的寂寞，是乡间生活不可或缺的一部分，那声音粗犷清丽低回悠远，沧桑而又有生命的硬度。而今，喧嚣的市声淹没了小桥流水，鸟鸣幽林，那沿街叫卖的粗朴的乡音也遁去了，成为一个遥远的回忆。这使我分外地想念那小巷的乡音。

梧桐花开了，一声声抑扬顿挫的"赊小鸡了"的清唱，便嘹亮地响起来了。过去，在农村，哪家哪户不养上群鸡鸭的。可是，日子紧巴，青黄未接。便预先赊欠着，等到麦收秋收后再还账。这种诚信无欺的契约相沿成习，至清如水的淳朴风俗是不能泯灭的。至今仍在一些地方相沿成习。

晨曦微露，雾气还未消歇，村落便响起第一声清脆的梆子声。卖豆腐的挑子走过，一路梆声，一路清香，梆子一敲，罩豆腐的笼布一打开，清香沁人的豆腐香便灌满了大街小巷。于是孩子醒后在桌上便有一碗黄澄澄的或煎或炸的豆腐。有时，卖豆腐的已经晾了摊（也就是卖完了），忍不住还将梆子敲得一唱三叹，没菜下锅的人家急急忙忙撵出来，巷子里只留下一阵余音回响。就像台湾著名演唱家陈映真在电影《搭错车》里唱的《酒干倘卖无》一样，让人低回怅惘。

货郎的拨浪鼓敲起来了，欢快诱人，再加上那花腔演员般的嗓子，九曲十八弯地唱上一腔：拿头发来换针来。货郎的手推车立刻便被男女老幼的围个水泄不通。老婆婆想换副染料来染块布料，姑娘想换几色的彩线为情郎纳几双鞋垫，而孩子们眼睛则瞅着那会弯曲的小蛇，会叫的泥人，或者是五彩的弹子。那时的生活是那样的单纯质朴，人们虽没有什么过高的奢求，但也有许多的美好的希望，就是这点滴的生活的希望点缀着单调的生活，生活也变得不再苦涩。

还有那铜盆铜碗的铜匠们，一副挑子就是全部的家当。浸透着饱尝生活况味的、悠长的西北花儿般的调子：铜盆子铜碗铜水缸来。我至今仍能回忆起一个"铜"字的唱腔，开腔便以一个高八度的音高一下子拔到千仞之巅，然后又忽得跌将下来，伴着一个叹息般的尾音，一切生活的滋味都浸泡在这凄清婉转的唱腔中。他们走在里弄街衢，走过贫瘠荒芜，走过天南海北，走过苦雨寒冬。人们很少知道他们从哪儿来，又要到哪儿去，什么地方是他们的归宿。他们只是风雨中卷入窗台的一片泛黄的叶子，是人们柴米油盐中的一部分。他们很重要，他们又很微末。然而，如果少却他们的叫卖吆喝，村落将不再是村落，生活不再是生活。他们是乡村的心跳，是水面的涟漪，是逝去的烟霞，是生活的一声叹息。这声音是诗意的，又是饱含着岁月的痛楚。

所以，现在我依然心怀敬畏地倾听这游走在闾巷里的声音，因为它曾给初涉人世的我以太多的肌肤相亲的体验。我就像一颗种子，在这如西北唢呐般的幽怨的叫声中一点点破壳出土，吸风沐雨，默默地生长着。

那些穿街走巷的匠人小贩，他们的生活虽是清苦的，但却并不是寂寞的，在自编的小调中吟唱着切身的人生况味，笑对人生，直面风雨。他们总是笑容洋溢，诙谐幽默的。可是，他们眉宇眼角的愁苦凝结的皱纹又何曾真正舒展过，心中的悲苦又向谁诉说过呢？

小巷又飘雨了，巷落中的叫卖声渐去渐远，渺无声息了。只有檐角的雨打桐叶的声音，是对往日的思索，还是与过去的诀别？

川江拉纤的号子随着高峡出平湖的崛起而成为岁月的回响，这与其说是诗意的消失与没落，毋宁说是历史进步。因为隐去的只是苦难的记忆，留下了追昔抚今的感慨。所以，我不会为那消失的见证着过去生活的小巷乡音而失落，而是让这些回忆在时间的酵池中发酵，醇化，让苦难变成催人奋进的醒神美酒。

只是我在飘雨的日子里，又想起那遥远的小巷乡音。

初　雪

　　初雪是羞怯的，试探性的，像极了酝酿已久的春事，要在一个阒静无人的春夜，或是春朝，才能尽情地打开通往春天的所有道路。初雪也是一样的，她可能不习惯人间对她的陌生，不习惯人们的大呼小叫。那让她觉得仿佛自己是初来乍到，不合时宜，是走错了路，误闯了人间。

　　但我知道，每年第一场雪都在等待一个特殊时刻降临人间，虽然我们大多数人漠视了这个时刻的意义，但那个时刻却是来自天国的洁白之神在大地上的第一次临幸，第一次对人间的布施。是真正的福泽恩荫，于万物都应是心怀感激的。所以，初雪的降临当如俗世里繁华隆重的节日，在未到之际，就让人心怀向往，朝思暮想。她的标志性意义，不亚于一场生命的降临，诏告着一些事物的离去和一些事物的诞生。而新生的喜悦总是大于离去的失落。

　　在已逝散文家苇岸的生命随笔般的日记里，他这样说过，与其他开端相反，第一场雪大都是凌乱的，就像一群初进校园的乡下儿童。雪仿佛是不期而至的客人，大地对这些客人的进门，似乎感到一种意外的突然和无备的慌乱。没有收拾停当的大地，显然还不准备接纳它们。所以，尽管空中雪迹纷纷，地面依旧荡然无存。

苇岸对初雪的细腻观察让人心生敬意，这个捧着一颗诚心生活在大地上的人，用自己诗一般的语言，记录着大地上历历在目的事情。新桃甫绽，麦苗拔节，鸟营巢，蜂造窝，都让他激动不已。任何俗常微漠的物候节令，都让他看作神示的箴言，一一记录下来，他如同自然的史官，大地的保姆，整理呵护着那些被常人忽略的了的神的只言片语。也只有经他写出，我们才感到生命原来如此之美，他用瘦劲的笔让真实复归为真实，美好还原为美好。

初雪有别于隆冬腊月里的雪，那时的雪是肆无忌惮的，大片大片地宣泄着自己的情绪，非要泯灭天地的界限，让自己成为世间的主宰不可。而新雪则是粉末状的冰霰，仿佛天上有一面大筛子，神在天界不停地筛动着，只吝惜地撒下些细碎的粉末，而将更大更轻盈更美好的留下来，自己享用。新雪初下的声音如同春夜里雨打芭蕉的细密的雨脚，沙沙，沙沙沙，沙沙沙沙，如泣如诉，让每一个深夜难眠的人感动不已，心存暖意。那是天和地的倾心细语吧，带着犹疑不定，小心翼翼。是啊，这个世界的秩序还未确定，谁将是新的朝代的王？

常常是下了半天，一阵风就会将地面上的薄薄一层雪吹得一干二净。眼巴巴地期盼着一场大雪光顾的孩童，准备用一个洁白的雪人来迎接这个冬天，可是雪花的请柬还未拟就，那就邀请不到圣洁之神的降临。所以，这吝啬的施舍，怎能围就一个雪的童话，让孩子的心偎依取暖？

但是，初雪毕竟也是雪花啊，这一点谁又能否认呢？如已怀胎九月的母亲，什么也不能取代即将做妈妈的喜悦。

天地间秋叶落尽，并不等于只剩下一片空芜，而是为一个更为寥廓盛大的花事预留出空间，这个空旷的天地应用什么填充呢？这只能由冬天说了算。

从此，四季的时针已拨入下一个季节的轮回，大地万物褪去了繁华，只为迎接一个更为冰清玉洁的生命冠冕。能站在冬天里领受一场又一场冰雪冬霖的树木，应是生命的另一种繁盛的开放吧。

有僧问巴陵禅师，如何是提婆宗？巴陵说，银碗里盛雪。这幽邃的禅境让人深味。银碗里盛雪，如同白马入芦花，是佛之高境。是有中之无，无中之有，有无相忘。冬天就是一只银碗，只有素净，没有五彩的惑目，五音的盈耳，才能配得上这雪的洁白无瑕。相反，春雪或者秋雪，都让生命难以承受。以素净盛纳素净，才是最好的盛纳。

苏东坡词《江神子》：使君留客醉厌厌。水晶盐，为谁甜。手把梅花，东望忆陶潜。雪似故人人似雪。虽可爱，有人嫌。东坡就如一片冰清玉洁的初雪，带着锋芒，带着温度，带着呼啸之声，降临北宋的天空。但他如何覆盖得住一片泥淖浊世的土地。所以，大宋天地没有一片他的容身之所，一再受贬，一再南迁，让他空余咨嗟。陶潜有菊可慰，自己则只能以雪自娱了。雪虽可爱，却有人嫌弃，因为它太洁白。

初雪是覆盖不了什么，但它起码传递了一种讯息，迎接着一场更为庞大的雪的降临和覆盖吧。这样，看着初雪即将来临，也会让人感到这个冬天就不再寂寞而单调了。

村 落

　　现在，这样的村落已经很少了。只在一些远离都市或高速路的偏远地区，还有几个未被现代文明浸染同化的古老村落，仍散发出袅袅的炊烟，传来陈年旧迹般的阵阵牛哞，和昭示着农耕文明的回荡在空旷原野的牧歌。

　　无论是行走在北方还是南方的阡陌之中，我都会凝神与晚霞一般的缥缈的古老的镜像，都会有一种拥抱的冲动。我不是那种以讴歌过去，附庸风雅为目的的怀旧遗老，也不是一面歆享着现代文明的盛宴，却又以欣赏裹着缠脚布踽踽难行的伪现代派。我觉得自己只是一个暂时从田间迈上地头，却又找不到归路的晋武陵人。对这种活在时间深度里的古老文明有一种难以割舍的亲和感，而在那些已经成为标本的远离了生活的文明古迹面前却毫不动容。因为，一个是鲜活的，一个死去的。

　　这些古老的村落的最突出的特点是静。在山间岭坳，或是背风向阳的山坡上，掩映在古木参天的丛林中的明清时代抑或是更为久远的建筑，歪歪斜斜地慵懒地在阳光下伸着老胳膊老腿，既不成排，也不成行，就这么随和地一躺就是几百年。穿行其中，屋回路转，参差错落。沿着一条老旧的巷子，你会不经意地来到一家的屋檐下，一户的后院中。你会碰到浣纱的农妇，舂米的村姑。不过不打紧，那巧笑倩兮，美目盼兮的回眸一笑，粲然神生。你可能正为自己的唐突行为而不安，而她们则擦一把汗，继续干各自的事情，没有人会把你当作一个偷窥者，顶多会为你的注目红一下脸，或者扭转身倏忽消失在巷尾。你可能正惊疑眼前的那个粉衫绿裙，蛾眉杏眼，唇红齿白的倩影是从《诗经》中闪过，还是从《红楼梦》里走出，而眼前又恢复了原来的阒静。

古老的村子是不设防的。

篱落参差，几架扁豆花正含苞吐蕊，偶尔也会从篱笆缝里钻出一束散着花香的栀子，或者几茎开得灿烂的夹竹桃。篱笆门是虚掩着的，像随时候着你的到来。轻推柴门，便可进入小院。口渴了，随便掀开水瓮，舀一瓢水，豪饮一气，甘洌清醇。园子里应时的蔬菜水果，伸手可摘，只要不是糟蹋，随便摘几只解解渴，爽爽口，是没人见外的。

古村又是盛情的。

在其他地方，被当作陈迹而盛放到博物馆里的碾子、水车，除了被当作时间的标本，成为只有历史意义的悬挂，已不再具有其他的含义，完全退出了生活。而在这里，在那些露天或者不露天的碾坊中水车旁，会不时传来如古韵俚曲般的余响，让人感到往昔岁月的血肉丰满，红润鲜活。它们仍然活在人们日常生活中，成为生活的一部分，支配着人们的生活，润泽着人们的血肉筋脉。

古村不会老。

冬日里，一堵向阳的土墙下，几个晒太阳的老人散淡地坐着。或半眯着眼，或含一只悠长的烟管，吸一口，半天方从鼻孔飘出两缕蓝烟。如果不是烟气升腾，你会以为老人又梦回到自己的年轻的岁月里。毕毕剥剥的阳光毫不吝啬地伴着尘埃降落下来，落在屋脊、树梢、门楣、墙脚，落在老人的发际、眉梢和胡须上，也落在寂寥无垠的天庭，照亮了村落的后世前尘。在这圣洁之光的照耀下，足以使人忘却现世来生。

旧家具

是一把陈旧得不能再陈旧的椅子和隔扇门，让我的心静下来，凝视谛听来自时间深处的点点滴滴。看着它们静默肃立的寡淡，我不知它们就这样度过了多少个庸常琐碎的日子。

一样的烟火人生，让人看到了自己的沧桑老态。但我仍能从它的沉稳厚实的木质，榫卯结构，古朴造型，斑驳容颜里感受到穿越时空的底气与温存。不同于陈列在博物馆里供人流连驻足观瞻的古色典雅的家具。它们的精美奢华让人咋舌，但只能隔着厚厚的防盗玻璃，隔了无法续接的时间来寻味。橱窗里不容落下一丝时间的尘埃。干净得让人怅然若失。因此这里的摆设都是脱水植物，是古老木的乃伊，只能隔着浩瀚的尘世遥遥相望。

但仅仅就是看着这样的门窗桌椅，也使我们惊叹：我们的祖先有一双怎样的巧手啊。坐具、卧具、承具、庋具；门窗、隔扇、藻井；柱、梁、枋、额、斗棋、椽；攒斗、攒插、插接、雕镂。我们的眼前目不暇接，光怪陆离。这些绮丽的形式让习惯了抽象思维，摸惯了电脑键盘的我们，感到久违的生活的质地和温度，如同老年的一双干枯的手，一旦深入泥土，竟是那样的灵巧鲜活。在这里面，蕴藏的是另一个高深莫测的世界。

物质生活可以简单，但精神上却绝不能粗陋。因为在我们的祖辈看来，屋宇门窗在承载了我们的身体同时，更是安放了我们的灵魂。只有精美典雅的屋舍才能让不羁的灵魂得以飞翔，得以休憩和颐养。而这一切应该指的是仍然活着的门窗桌椅。不是指那些精美的馆存珍品。

层层剥离了朱华铅粉的淡然，让人可亲可敬。斑驳陆离背后露出的却是本真的面貌，证明它们是属于现实的，属于生活的。在晨炊时浓烟滚滚的稻草清香里，锅灶旁，在捭阖翕张的生活节奏里，这张老椅子起坐过多少岁月，接纳了多少黄昏和黎明，应和着多少生与死的啼哭。刚刚坐久离开的，或许是比它小几十年，甚至上百年的老人，那应该也是它记忆的一部分吧，是它的一道纹理，一丝记忆吧。两扇隔扇门在时光里开了又闭合，开开闭闭中就是晨昏和岁月。下一个推门而入的又是谁呢？伫立百年的老而不朽的木门沉思不语。

在生活中，一把椅子，一扇木门，充满无数的变数和可能性。这就是它要比博物馆里最精美的馆藏家具更动人之处。一个是水灵鲜活，晶莹剔透，一个是暮气沉沉，拒人千里。

这把椅子，不是太师椅，不是官帽椅，更不是禅椅。它就是一把再简单不过的靠背椅。而就是这种简单的椅子，也让我们坐惯的最为奢华昂贵的电脑椅、老板椅自叹弗如。相比被流水线上千篇一律的没有性格的工业制成品淹没的我们，我们的祖辈应该是幸福的。想想吧，一把经过不知多少雕工，多少抚摸，多少刀工，多少心思的椅子，来自它生命深处的应该有多么鲜活的思维和多少灵犀的跃动啊，它仅仅是不能走动，不能说话而已。而骨子里，它应是活着的。榫卯、攒插、雕镂。一把椅子的制作过程，就是一件艺术品慢慢复活呈现的过程。制作者肯定怀着比后来的每一个乘坐者更加愉悦的心情和期待来创造它。云字纹、冰裂纹、团寿图案、缠枝莲。每一样都跟安泰、祥瑞有关，跟幸福美好衔接，坐在这样的一把椅子里，即便是小憩，也会心旷神怡的。

隔扇门也是简单的，是素朴的双腰串式，上部云纹攒斗的格心，中间腰华板（绦环板）是农耕渔樵吧，是梅兰竹菊吧。但无论哪一种图案，也会让人在开启闭合时，心里却会有一幅美好的图景在心间。渔樵农耕是现世里的世俗生活，衣食住行；梅兰竹菊是向往的高古格调，怀想梦境。近的可亲，远的可羡。都不会让人远离，让人疲惫。希望刻在门上，早起晚睡都会装在心里，让俗世安稳，心有希冀。哎，还有什么比这更让人羡慕，更让人知足的呢？

三尺月光

合上书本，关上灯，准备上床睡觉。不是以往的一下子进入黑暗，而是另一种久违的光明一下子笼罩全身，占领了卧室，送来盈室的清辉，我久久地站立在这亲切的明亮中。

是月亮啊，它在天上看着我，从两座楼宇之间的空隙里穿越而下，送我一室月华。让我停留在长久的感动中。那从虚空里倾斜而下的银光，如春日山涧里的泉水，汩汩流淌，醍醐灌顶般地灌注而下，从发肤到筋络，从耳目到肺腑，我感到有一千朵，一万朵水仙花在体内绽放。将全身每一个毛孔都沐浴洗彻。我闻到了窗外桦树木质的清香，远处桂花花蕊的幽密，闻到更远处从童年的田野上飘来的五谷真淳厚实的醇香。而这一切都是藉了无所不在的月华传播而下的。它让美好的东西播撒大地，流布人间。在夜色中编织着一个华丽葱茏的幽梦，暖意充盈，可亲可敬。月光让夜里醒着的人沿着时光之河溯流而上，捡拾起记忆深处的遗贝珠玑，镶嵌在心头，熠熠生辉。

月光下，我坐在手推车上，车上是小山一样的新秋收获，新熟的糯香丰盈着夜色中的感官，也让我兴奋异常。推车的是年轻的父亲，他推着车子和我，那是他一年和一生的收获。月光照耀下的父亲，前额的汗渍银光闪烁，如月亮的吻痕，让他大口喘息着。我记住了月光下的父亲奋力推车的高大身影，父亲推起了一座山，我是这座山上的月亮。

还是在儿时，一下子从懵懂中睡醒的我，发现炕上不见了父母的身影，屋内只有一席月光。内心瞬时被月光注满，感到的是惶恐，惊惧。哭着喊着，光了屁股跑到街上去找父母。西斜的月亮冷冷地看着我，而我只想找到父母。不远处的碾坊里，吱呀有韵的碾子声从逼仄的窗户里传出，我看到弯腰曲背推碾子准备晨炊的父母。便停止了啜泣，光着脚丫，悄悄地往家里返。在心里也感到自己那不光彩的一幕。路上的月光又变得异常柔和，如拂面的春风，母亲的大手，心生暖意。我知道了月光其实一直照着我，在我睡着的时候，也在我醒着的时候，如父母的眼神，无处不在。

今夜，这眼前的月光一样温存，沁润，让人心存感动。而曾几何时，我们身边没有了它的影子形迹，只有都市里的霓虹，心中的喧嚣。我们茫然若失，容不下头上的三尺月光，只好踯躅在人生的十字街头。其实，只有这月光才能抚平心头的躁动，焦渴的眼神啊。有时，我们最需要的其实不是远处的高山，不是红尘里迷醉痴狂的笙歌，而是那一轮高悬在天宇的明月，那才是点亮心灯的火苗，那才是证明我们身份的生命印章，和与生俱来的胎记。让我们多抬一抬头，仰视一下那高天上的月亮吧，只有它能照耀着我们，伴我们一生。

忙　年

　　进了腊月，年味就浓了起来。此起彼伏的爆竹声串联着人们的心情，火红的对联、灯笼，渲染出浓重的氛围。人人心里都不自觉地充溢着兴奋和激动。见了面就一句话：年货准备得怎么样了？而不像以前一样，只是客套地问吃了饭没有，问收成年景农事。因为腊月里别的都是次要的，只有锅里的馍，梁上的肉才能量出节日厚重。

　　一切都进入倒计时，今天腊月初一，过几天就腊八了，腊月二十三就小年了。年味如鼓点催着人不能停下脚，只能往前跑。忙年如看一场翘盼已久的戏曲，大幕尚未开启，但幕里已锣鼓喧天，鼓乐齐鸣了。戏未开场，观众都已进入角色，入了戏。腊月里的人都是剧中人。

　　小时候，到了年底，小孩子们虽然还依旧懒被窝，但见大人们里里外外，忙忙碌碌，也早就睡意全无。空气里填塞着诱人的饭香菜香，父母们讨论明天后天的打算，闻起来，听起来比任何美味佳肴更清新鲜亮。虽然絮叨琐碎，却让窝在被窝里的我们感到充实和欢喜。待到大人一声"起来吧，小懒虫"，就光着屁股，一跃而起，从不磨叽的。空气的湿重，裤管的冰凉，咧咧嘴，就哧溜一下子穿上了，因为心里热乎着呢。

腊月的忙不比平时的忙。平时的忙是一眼望不到头的农活和辛劳，只能皱着眉头挺着。进了腊月的忙，就一个主题，吃顺溜，喝顺溜。只为了那个肚肠熨帖，这是对一年的报偿吧。平时节着省着，都为了今天的大快朵颐，一年到头，怎么也要乐和乐和。

记忆里，进了腊月，母亲就开始做面食，蒸馒头，做花卷，蒸包子，烙糖火烧。一锅一锅，热气腾腾，香气扑鼻。馒头要揉到发热亮白才好吃。面要用头遍面，个头要圆，要大。一天蒸四五锅，一连要蒸两三天。凉透了，盛了满满的一瓮，能吃出正月。蒸馒头时忘不了蒸上两对大鱼。母亲手巧，鱼是鲤鱼，腰弯出一个弧，胖胖的，憨态可掬。我们喊"还不像还不像"，母亲就给它画上鱼鳞，一层一层的。我们拍着手，"像了像了"。母亲再给它画上眼睛，用平时舍不得用的胭脂，用筷子只一点，我们感觉鱼就活了。鱼是年夜饭时压锅底的，要等到过了除夕到年初一才能吃的，意思是年年有余。母亲怕我们馋不过，常常多蒸上一对，让我们出锅就吃。馒头尽着吃了，我们觉得妈妈做的鱼更有味。而要蒸下这一锅锅的面食，常常累得头晕眼花，母亲却常常领着我们唱歌，一些好听的老歌，那也是让我们感到分外快乐的。我们也知道了，好吃的馒头，要用力揉；好日子，要下力气挣。

腊月烧柴多，父亲就先准备柴火。先脱掉棉衣，抡起大斧子劈下一腊月用的烧柴。在檐下码得整整齐齐，新鲜木头的气息一样使人心旷神怡。后面的做豆腐、蒸鸡扎、煮猪头都要用大火的。这样，一年的好日子就都被烧得旺旺的。

生起泥炉子，碳是煤末子和成泥做的炭块。屋里屋外，烟气缭绕，大人孩子都不停地咳上一阵，待烟过了，火上来了才罢了。炉火旺起来，父亲要烧红了火钳来处理猪头的。只见通红的火柱冒着青烟，父亲拿着火钳在猪头未去掉毛的地方烙，直烙得焦黄，冒起阵阵刺鼻的焦香。我们不但不觉得难闻，反而和煤烟的呛人味混合起来，觉得深浓，这些味道混在一起，格外地加重了悠悠的年味。没有这些味道，就觉得日子空荡荡的，如喝了二锅头再喝米酒，不够味。

煮猪头，蒸鸡扎，炸年货，新年的香气一天比一天浓。蒸鸡扎也叫蒸鸡白菜，是腊月里饭桌上的当家花旦。用自家养的小笨鸡或者买的猪大骨，加五香、八角、桂皮、葱姜、酱油，煮到八成熟，将莹白清嫩的白菜加到锅里，肉烂菜熟，开锅即是食。盛出凉透，放到背阴的墙根下，能吃一腊月。每次吃饭用竹筷盛上一海碗，是下酒吃饭的好菜肴。白菜通常是整片煮的，乡人叫作大吃大有，世俗的清苦调剂着现世的芬芳，一样的幸福安稳。吃时要两人合作，你摁住，我劈着吃，团结协作的观念从饭桌上就开始养成。大人孩子都吃得开心开胃。白菜凉吃热吃都合胃，而凉吃更有滋味。往往菜盆表面还结着一层薄薄的冰碴，端到饭桌上，滚烫金黄的玉米糁稀饭，冰凉的蒸鸡白菜，却是别有一番风味。菜香饭香自是充满家常的平淡与知足。

此外，做豆腐，炒花生，做年糕，样样都是亲历亲为的辛苦与充实，但品尝到的却是与众不同的生活体验。

年是上天馈赠给农人的福礼，体味了生活的劳碌，再来品尝生活的滋味，将苦发酵为乐，将累繁衍成福，生活之轮就永远润滑不倦，滚滚向前了。

忙年是累的，但有一个美好的时刻在等着你，除夕夜里中国式的不瘟不火狂欢，正月里安稳地细细品味，都是俗世的知足知福。还有什么让人坐得住，不去做一桌丰盛的年夜饭来奖赏家人和自己呢？更何况新年的钟声里，已包含着新春的信息与希望，等待来年让我们去播种、耕耘和收获呢！

鏊里春秋

　　鏊子，黑脸膛，厚身板，富态福祥，安坐在莲花一样的火上。烙五谷为春夏秋冬，熬岁月为充实芳香。有了鏊子，苦涩平仄的日子就变得圆润底实，香气四溢。

　　鏊子填充了生活的全部。

　　过去农村，家家户户都会有一盘鏊子，生铁铸成，三足圆面，浑实沉重，壮劳力才能扛起来，一如沉甸甸的生活。它像碌碡的轴，大车的轮一样，是悬挂在农家浑圆的太阳，十五的月亮。有了它，日子才能清澈长流，滚滚向前。

　　谁家要娶亲，要先看一看尝一尝未过门的新娘子的摊煎饼手艺。如果摊得酥脆薄嫩，烙得规整圆满，那肯定也是持家的好手；要是摊出的煎饼一塌糊涂，铜钱一般厚，这样的媳妇恐怕很难找个好婆家。所以，摊煎饼也跟其他女红一样，都是女子持家的本领。

　　母亲摊得一手好煎饼。焦香酥脆，薄如蝉翼，小孩子都能吃上三五个。摊煎饼看似轻巧，实际上是重体力活。推磨、磨面糊不消说，坐在柴草堆里一坐就是大半天，一般人熬不下来。为了给全家办饭，母亲常常半夜就起来推磨、磨面糊、生火、烙制，往往一次就烙一擀面杖子高，一直烙到晌天。

小时候喜欢偎着摊煎饼的母亲，觉得母亲摊煎饼的动作很耐看：左手舀一勺面糊，右手拿竹笹，提臂、悬腕，用力均匀，就着往下淌的面糊顺势旋转，由一个大大的逗号，转成半圆，最后成为一轮乍涌的银盘，揭下成品，用油搭子将鏊子擦亮，再开始下一个。整个动作流畅圆润，一气呵成。有时我坐在旁边看呆了。以为母亲不是在摊煎饼，而是在挥毫泼墨，指点江山。面糊是墨水，笹子是大笔，母亲要为我们画多少轮日月，填充多少干瘪的岁月，才能为我们照亮无数个清贫的白天和夜晚啊。

传说王羲之开始练书法时，苦于没有突破，内心烦闷。一次，他看了邻居农妇摊煎饼潇洒流畅的动作，深受启发，因之大悟，书法因此精进，摆脱了板滞艰涩的境地，变得空灵飘逸圆润流畅，开创了一代书法风气。形成了"飘若浮云，矫若惊龙"的俊逸风格。摊煎饼不仅果腹充饥，而且也证明了一切艺术皆源自生活，又高于生活。

煎饼是瓜干、高粱和玉米等粗粮做的，瓜干多了会色泽发黑发暗，高粱多了会发红粗糙，闻着香吃起来费劲，土话叫拉喉咙。但对于吃够了地瓜饭、高粱糊的人来说，能顿顿吃煎饼，那是中上生活。粗粮就是粗粮，吃着粗粮长大的人们，腰板坚强，性格粗犷，一如在肚子里种了一畦子摇曳挺拔，缱绻缠绵的高粱、玉米、红薯。

最难得的是每逢我们小孩子家头疼脑热，不爱吃饭，母亲就会用过年来客才能动的白面中匀出一碗，调成面糊，为我们烙几个白面煎饼。绵软滑润，入口即化，那时我一直认为白面煎饼一定是世界上最好吃的食品了。要是天天都能吃上这种白面煎饼，生活简直就是无忧无虑，幸福无边了。因此，只要吃了白面煎饼，我的头不痛了，浑身舒坦了。母亲总是笑着说我肚子里有一只大大的"馋虫"。而今，即使天天吃油饼、蛋糕、奶酪，反而娇惯了肠胃，觉不出日子的甜美，这让我分外想念儿时吃的白面煎饼。有时幸福感并不以饥饱为前提。

摊完煎饼，我们会在鏊子堆里烧几个地瓜，一把花生，待到烧熟了，胡吃海塞一顿，吃得齿颊盈香，也满脸乌黑，互相笑着闹着只剩下满口白牙。大人在火堆里煨上一罐豇豆绿豆红豆的稀饭，个把时辰就闷得烂烂的，吃着煎饼，喝着稀饭，苦涩的日子就滋润。

上了初中，要住校，母亲为我烙了一大包煎饼。我们称之为"干粮"。这是对煎饼的深加工：一方面，将煎饼烙得干燥成型，防腐好拿；另一方面，是在煎饼成型的过程中，添加些葱花、油盐，吃起来的感觉却是升级换代了。煎饼烙成像书状，封皮封底焦黄香脆，"书页"间的"夹页"却是烙熟的白面，外焦里嫩，香脆可口。将吃饭和书本联系起来，物质和精神达到和谐统一。

但是我读的书远没有吃母亲给我烙的煎饼多，这也是书没读好的缘由吧。

如今讲究饮食的粗细搭配，吃粗粮成了一种健康的饮食时尚。用大米、小米、黄豆等摊成的煎饼口感爽滑，营养丰富，但无论如何也称不上粗粮的。这种忆苦思甜式的煎饼，让每个孩子都愿意去回忆过去的苦，而不愿要今天的甜。虚假的教育让孩子颠倒了苦和甜的价值判断。拿着香喷喷的现代煎饼大叫感同身受，让人觉得矫情做作。并且那些方方正正的用机器摊出的煎饼怎么看怎么像一个个扮酷的另类，像是整了容、化了妆的城里女人一样，没有了那股土里土气，烟熏火燎的味道，叫我很难认同。或者如同穿着满身是口袋的韩流服饰，嚼着口香糖，头发像鸟窝一样的新新人类，让人不敢恭维。什么东西一旦跟工业化联上姻，成为流水线上的东西，只能被现代文明解构重组，失去本色。

母亲年事已高，再也搬不动那盘跟随了多年的鏊子，只能看着它锈迹斑斑。我在几次搬家之后偷偷地将它当作生铁卖掉。

一种生活方式的隐退，代表的是文明的进步，人类的解放。但是无论如何，一盘鏊子在生活中走失，让现实再也无法承受起生活之轻。

走失的驴子

　　驴子真的越来越少见了。原先在乡下，没有几个早晨梦境不是给驴子叫醒的。驴子嗓门大，吵人。俗话说的炝锅铲子驴叫唤是最吵人的声音。过去把人作骂纸糊的驴，就是指嗓门大，能吆喝。用纸糊的驴子，因为没给糊上喉咙，所以就口无遮拦，吼声震天了。有驴子撒欢发情地叫，叫得人心烦，觉也别想睡安稳。再后来，车多了，驴子却少了。在乡下过夜，清晨没有了往昔的驴叫，倒生出些少有的寂寥和空旷，夹杂着些许的失落。睡觉也没有了应有的香甜。像有肴而无酒，有酒无伴，不带劲了。驴子少了，鸡叫没了。它们都忙什么去了。没有了狗吠鸡鸣的乡下越来越不像乡下。

　　倒是在城里，还能见得上驴子。驴子原来进了城，转了行，成了拉脚的。不过城里的驴子看了叫人感伤，一样的驴子，双眼皮，混沌的大眼睛，透着忍耐、顺从，却没了庄稼地里的灵气和清澈。像是水灵灵的蔬菜在太阳地里晒了半天，蔫了吧唧的。驴子身上毛色杂沓，灰不溜秋。

如同穿了件陈年旧衣服的农夫，一身落魄。

　　从那头拉车的驴子身上，我知道它在城里并没有混好。几吨重的水泥、钢筋、木料，山一样压在脊梁上，弯成一张弓。还要忍受主人的皮鞭，呵斥。吃的是糟烂的草料，闻着呛人的尾气，还能让它活得顺气吗？

　　我从它的眼神里读出那头拴在电线杆上的驴子的悲哀。它大口地吃着稻草，不为品尝，只为充饥。因为后面还有成堆的活儿要干。干活是它生命的唯一内容，也是生存的唯一条件。前几天和它拉活的同伴，趴下后就再也没站起来，再也不见了。能到哪里去了呢？现实世界里是没有天堂的。

　　那双忧伤的大眼睛，倒映的却是一个倾斜的世界，驴子在倾斜的世界里踽踽独行。在川流不息的车队中，让人感到这辆驴车是从中世纪里走来的。它气喘吁吁，疲惫不堪，在宝马香车里显得不伦不类，在呼啸的尖叫里跌跌撞撞。

　　相比这只驯顺低头拉车的驴子，我倒是更欣赏那些桀骜不驯的驴子，它们有倔强的驴脾气，能跑能癫，可爱天真，它会仰天长啸，对着蓝天白云抒一番情，会痛快地来个驴打滚，对着异性的伙伴，卖弄风情，大献殷勤，撒欢尥蹶子地狂舞狂欢。那才是天地间精灵一般自然纯粹的驴子。

　　而这只驴子显然已经忘记了那些曾经的往事。它不知道，不用它躺下，只要拉不动车了，就会被端上另一种高规格的宴席——全驴宴：驴肉、驴肝、驴心、驴肺，成为一锅热气腾腾的大补的美味，使那些脑满肠肥的食客们愉悦口感，润滑胃肠。

　　在人们看来，驴子全身都是宝，驴肉食用，天上的鹅肉，地下的驴肉嘛。驴骨熬汤，补钙提神。而连最后的驴皮更是被熬成养颜护肤的正宗阿胶，去肥美肚肠，为驻颜美容。最后都在消化道里翻唱为愉悦动人的田园牧歌。

　　我不忍心再看一眼那只疲惫瘦弱的驴子。当我转身离开之际，我突然听到了一声穿石裂云般的绝响，那只驴子站在滚滚车流中，昂起头对天高叫，让一街的行人为之驻足，感到它的桀骜不驯。而在我听来，那分明如礼拜的钟声，弥撒的赞歌一样让人内心颤动。让我在西风斜阳中留下辣辣的泪水，我知道，这可能是世间最后一头驴子。

玉兰花开

没搬新居前，一直没见过玉兰花。直到一日，推开窗子，发现楼下院子里，一棵日里光秃干枯的树干，竟然落满了一群白鸽，婷婷袅袅，娇羞欲语。一问，这就是玉兰花，让我一下子好感动。与一棵花树相遇结为芳邻，我感到这个春日春光融融，幸福充实。

窗外，里弄里，行人匆匆而过，汽车呼啸而去，很少有人将目光投向这一树的玉兰，只有我定定地与她注目神交，物我两忘。院子里，庭阶寂寂，阳光慵懒，眷顾着这一树春花，平静祥和。开窗，伸手邀花，便能揽之入怀；闭目，树影幢幢，清香盈颊，让人浮想联翩。与一棵树在最美的时光里相守，让我感到时间的芬芳。一朵朵洁白瓷实的玉兰，开在阳光下，开在睡梦里，便阳光灿烂，睡梦飘香。我感到春天美丽的漫溢和饱满质感。

读安妮宝贝的文章，写到玉兰花是一种高傲的花，兀自盛开，气氛诡异，禁不起把玩。其实何止玉兰花这样，美的东西从来就是易碎缥缈，不能亲近把玩的。这如云霞蜃景，青花瓷瓶，让人醒来怅然若失的迷梦。

我也深知这眼前的玉兰花也会随风而陨的。

玉兰花看久了，让人眼生幻境，感到眼前如雪花飞舞，灵异诡秘，覆盖了阳光与空气，让人有一种莫名的窒息。是否她就是雪花的魂魄，冰雪的精灵。生命从来都是一脉相承的。其实冬天连着春天的不只是时间的更替，更是生命的相承，雪花飞舞也是百花盛开。没有雪花飞舞的冬天，不知道春天的百花是否足够的烂漫。

玉兰花是先百花而开的花，她引领着春天的方向，展示着春天的热情与气度。让人在刚走出的冬日里，踮着脚就能远远地望见春天的高度。所以，在某种意义上，玉兰花是春回大地的象征。

读东坡的《东栏梨花》，觉得这首诗写给玉兰也是相宜的。"梨花淡白柳深青，柳絮飞时花满城。惆怅东栏一株雪，人生看得几清明。"在霜风霁月中颠沛流离的苏轼，由梨花的盛开，感到的是人生如寄，感到人还不如这年年清明洁白的花儿，只能作一声浩叹。如果苏子尚在，想必照亮东篱的一株玉兰，换回的一定是欣悦，是"老夫聊发少年狂"的张扬忘形了。

谢安尝问子侄，因曰："子弟亦何豫人家事，而正欲使其佳？"诸人莫有言者。谢玄答曰："譬如芝兰玉树，欲使其生庭阶耳。"是啊，芝兰玉树傍庭阶，是鲜花着锦，是锦上添花，是相得益彰。而这芝兰傍着的玉树只应是玉兰更为贴切合适的。一棵春日里盛开的玉兰足以让它荫蔽下的人家庭院感到温馨高雅，这是令人欣喜备至的。

而汉语里的"玉树临风"一词，让人歆羡。"玉树"不是玉兰又能是谁呢？谁又能临风飘举，风度翩翩呢？恐怕只能是玉兰了。临风而不惊，如玉，如鹄，在春天里悄然降临人间，带来如许的平和贞静。

近人弘一法师咏：问余何适，廓尔忘言。花枝春满，天心月圆。睹物伤春是世俗中的真性情；望花自失是佛家的中的大境界。其实，作为芸芸俗子，看到花开，心情舒旷；闻到花香，陶然自得，也是人生中的一种境界。何必作明人王士祯"人稀春寂寂，事去雨萧萧"慨叹呢？

第三辑：那时花开

品　夏

　　雨是夏天的表情。绵密泼洒的雨脚繁衍着夏日里所有的梦想，调配出最浓酽、最丰富的绿色。绿意拓展着田野的深度：浅绿，深绿，碧绿，墨绿……绿在加深着人们视觉的层次；豆绿，橄榄绿，苹果绿，苔藓绿，水晶绿……绿在丰富着我们的想象力。"坐看苍苔色，欲上人衣来"，绿在恣意着它的动感；"山路元无雨，空翠湿人衣"，绿在繁衍着它的质地。自然造化在用腻了那只幻化出五彩的神笔之后，开始钟情于绿色这一至真至纯的色彩。用雨水调配，更加神思飞扬，调剂出一个绿意缤纷的夏天。

　　如果说春秋是一幅细腻传神的工笔画，从花蕊花瓣到叶片果实，铺展出色彩的绚丽与精致；冬天就是笔力劲健的木版画，黑白套色，大俗大雅，境界悠远；那么夏天则是神祇笔下的大写意，浓墨重彩，酣畅淋漓，绿意盎然。

　　夏天着一身绿萝袍，从头到脚，扯天连地，汪洋恣肆着人们的视觉。山林里绿云缭绕，田野上绿意铺展，湖面上绿水荡漾。到处是一个凝碧的世界。不论是雾霭朦胧的早晨还是斜阳西坠的黄昏，置身乡村的每一个角落，吞吐的都是绿意浓浓的空气。

因此，生活在乡间的农夫比城里人更有福气，枕着绿色，伴着虫鸣，会做一个绿意葱茏的梦。

夏给人的不只是视觉的盛宴，更是听觉味觉的享受。

在乡间，蝉是才艺双全的鼓手。蝉鸣从一棵树传到另一棵树，用高亢的音符串联起夏天的每一个细节。或一蝉独唱，或双蝉齐鸣，或众蝉合唱。用自己嘹亮的歌喉将生命的夏季填得满满的。有过农村生活经历的人很难想象没有蝉鸣的夏季会是一种怎样的空旷与荒芜。

此外，鸟儿的声音也是夏天的组成部分。布谷鸟、云雀、麻雀、乳燕、斑鸠的叫声杂然相间，此起彼伏。布谷鸟独自飞翔于田畴、山林的上空。雌雄的叫声迥异，或悠远苍凉，或急促有力，互相应和酬答，让人感到天空邈远，大地空旷，却决不比翼齐飞。我至今也没能分清雌雄的不同叫声。云雀是乡间的女高音，在鲁迅的《从百草园到三味书屋》里被称作叫天子的鸟，声音清唳。麻雀是刮过田间地头的疾风骤雨，土里土气的它们从没有感到拘束，栖身于农夫的屋角檐头，成群的如珠玉落玉盘，嘈切杂乱。乳燕的啁啾可爱，斑鸠的老气横秋，作老人打鼾般的鸣叫。所有这些都如同结在房前屋后树上的果子，俯拾即是，让置身其间的人感到自然亲切，带来无限的向往。

在绿意更浓的田野深处，阳光在绿色中沉淀发酵结晶。红薯在地下孕育情事，不小心将消息露出，绽裂了畦垄。大豆摇铃，玉米灌浆。夏天的田野到处熏蒸着发自大地母腹的馨香。

满野乱窜的乡村孩伢子，潜入果园瓜园，摘桃摸瓜，大快朵颐。而这种尝青、偷青的行为只要不是故意糟蹋是不为过的。那种惊险的经历，让每一个有过此等体验的人至今记忆犹新。折一根甘甜的玉米秸，作为礼物献给钟情的女孩，看着对方细细地咀嚼吮吸甘美的汁液，让自己也感到无比的甜蜜。夏天的田野让情窦初开的少男少女初尝初恋的滋味，那就是玉米秸汁液的清纯甜蜜。或者挖几个红薯，摘几串豆角，火烧火燎地烤着吃，吃得满嘴焦香。夏天的滋味让人感受到大地的丰厚和底实。

品味着葱茏苍翠的夏天，我们感到生命的充沛与无限张力。

一切都在夏天里开始长成。

秋夜虫声绿纱窗

"八月的夜晚，在那无比安宁的氛围之中，我的确听不出还有什么昆虫的鸣唱能像意大利蟋蟀的鸣唱那样优美清亮。不知多少回，我躺在地上，背靠着迷迭香支成的屏风，在这文静的月亮女友的陪伴下，悉心倾听那情趣盎然的荒石园音乐会。"

这是法布尔《昆虫记》中《意大利蟋蟀》的一段文字。一八七九年春天，法布尔用自己微薄的积蓄在塞里尼昂小镇附近购得的一处荒芜的老旧民宅，独自营造他的昆虫王国。荒石园是用当地普罗旺斯语给这处居所取的风雅的名字。在这里春天有圣甲虫、萤火虫，夏天有蝉和蚂蚁，秋天就有螳螂、胭脂虫、大孔雀蛾和蟋蟀与他做伴了。其中蟋蟀的鸣叫让这位古稀之年的老人更加痴迷。伴着虫声，让他度过了一段段难忘的美好时光。

在同纬度的地方，我能也有幸像一百多年前的法布尔一样倾听这自然天籁之音。

立秋刚过，天气才开始转凉，蟋蟀就从土层里钻出来，在石块、草叶上调试琴弦，将每一个秋夜加长加细，织成绵密优雅的布帛，且乐此不疲。

一般人看来，蟋蟀的鸣叫比不上靠声腔发声的鸟类。如果说鸟们是优雅的钢琴家，如黄鹂、百灵等，或者是打击乐器大师啄木鸟，那么，蟋蟀可以称得上是管弦乐器的圣手。乐器就是它们的翅膀，那是像京胡、二胡之类的民族乐器，但我觉得它们的鸣叫更能深入人们的内心。

月光笼罩着大地，雾气浮起在空气里，蟋蟀的声音就如清凌凌的溪水，顺着月光，融入空气，弥散在每一片草木间，每一片叶片上，能让每一个静下心来的人内心澄澈。因此，乡村月夜，有虫声做伴，每一个田间劳作的农人都会睡香梦甜。这是生活在乡下的人自有的福气。

读唐朝诗人刘方平的《月夜》："今夜偏知春气暖，虫声新透绿窗纱。"确实是难得的好诗，但在我读来总觉得诗的背景应是发生在秋天而不是春天。乡下生活的经历告诉我，在寒凝大地的早春，即使那报春花绽开笑脸，但五风十雨春寒料峭的春风会把刚钻出地面的小虫们冻缩进去，误以为冬未尽，雪未消，因此哪有闲情逸致来报春的。等到天气转暖了，已是由黄转绿，已经进入夏天了。所以，这首诗写在秋天更恰当。并且最能以声音动人的虫声莫过于蟋蟀了。蟋蟀的叫声就像是农夫挂在窗前的辣子，炕前的烟叶，顺手就可以拎过来享用的。

每个生活在乡村的孩子都有过在秋夜草丛里觅蛐蛐的经历，我们还叫纺织娘，其实都是蟋蟀。那声音多像让香鬟云鬓的花木兰愁眉不展的唧唧复唧唧织布声啊。从古织到今，仍然没有理出个头绪，织不出一匹完整的布来。

所以蟋蟀是古老的虫子，它从《诗经》里爬出，叫声一直流淌到现在，乌黔皂甲，古风犹存。在《诗经·七月》里唱过：五月斯螽动股，六月莎鸡振羽。七月在野，八月在宇，九月在户，十月蟋蟀，入我床下。斯螽、莎鸡都是蟋蟀的别名，它从田野、宇户，向人类靠近，用窸窣的声音和人类相偎取暖。

唐人白居易说到"霜草苍苍虫切切",或"早蛩啼复歇",大概都是蟋蟀的鸣唱。我不知道唐朝时"切切"之音该怎样发,因为白居易是陕西渭南人。

它的叫声是一个季节的开始,叫声的终止又是一个季节的结束,到大雪覆盖天宇万物时,它才销声匿迹。这一点很像蝉,蝉是夏天的宠儿,叫声贯穿整个夏日。一个季节就是它们一生。所以,有什么理由不放声歌唱呢?我们又有什么理由来鄙夷反感它们的叫声呢?那应该是它们对生命真诚的讴歌礼赞。能用一生来歌唱的生命难道不值得我们来崇敬吗?同样是对于生命的认知,我们其实还不如一只虫子更真诚。

因此,奔走焦躁的人应该静下心来听一下这上帝赐给我们的天籁之音,让我们像法布尔一样,俯下身子,而不是仰起头。因为有它们的陪伴,"我反而能感受到生命在颤动。我们尘世泥胎造物的灵魂,恰恰就是生命。正是这个缘故,我身靠迷迭香樊篱,仅仅向天鹅星座投去些心不在焉的目光,而全副精神却集中在你们的小夜曲上。"

"因为,一小块注入了生命的,能欢能悲的蛋白质,其价值超过无边无际的原始材料。"(法布尔语)

冬天里的鸟

很喜欢一本杂志封面上的图画：冬日里一棵光秃秃的树枝上落满了麻雀，在落日的余晖的辉映下，树鸟一色，澄明宁静，让人看了生出许多温暖。麻雀的静穆肃立使树灵动起来。我从画面上不仅看到翩然的光影，而且听到了喧闹的音符。

麻雀是温暖寒冬的熠熠闪亮的灯盏，是跃动的火焰，冬日里因为它们的执着留守而让我们不再感到寂寞。

蜗居城市的人没有乡村农夫的福分。他们的每一个早晨都不是被闹铃惊醒而是被鸟声唤醒的。我也有同样的生活经历，所以，至今仍能回想起小学五年级作文课上一篇作文的开头：凌晨，窗前叽叽喳喳的鸟声唤醒了沉睡中的我。这鸟一般就是麻雀。它们如灰布大褂的农民早起缛草耕地，忙里忙外，早起而晚睡的。

麻雀喜欢群居，过集体生活，很少见到独来独往的一只。小时候，田野里时常见到一群如快乐的雨自由的风的麻雀群从头上飞掠而过，熙熙攘攘，欢快蓬勃，那情景很让人心动。

我们词典中的"欢呼雀跃"大概就是出自此情此景吧。另外的像"莺歌燕舞""惊鸿一瞥"等词汇都是人类以自然为师的例子。然而，这些词汇越来越只能作为比喻义或者象征义出现在生活中了。因为现在很少能见到如风似雨的麻雀群了。

　　而现实生活中，麻雀是常常被忽略的，不仅因为它们庸常的肤色，嘈杂的鸣叫，更加上它们被妄加的罪行：糟蹋粮食、破坏房屋。因此，麻雀成为鸟类中唯一与人类政治运动牵连的动物，与鼠、蝇、蚊成为四害之一。虽然现在被平反昭雪，定为保护动物，功大于过。然而似乎所有被冠以"保护动物"的物种都在逐渐成为濒危动物，走向衰亡。而人类也只能为濒危或接近灭亡的物种戴上这顶已经没有太大意义的所谓的护身符。

　　麻雀是离人类最近又是最远的鸟。它们将巢穴安在人类的屋檐下、墙缝里、烟囱中，在人类的房子上建房子，沐浴着人类的烟火欢笑，却从来没有走近过人类。它们只是人类老死不相往来的邻居。人类将鹦鹉、黄鹂、八哥、金丝雀等驯化为自己逗乐解闷的宠物；甚至连翱翔天空的苍鹰也俯首帖耳，但就是这其貌不扬的寄居人类屋檐下的家雀儿是个从不低头的主儿。小时候也有养麻雀的经历，但不论雏鸟还是成鸟都没有活过，被抓的雀儿水米不进，宁肯饿死。养不过夜是它的秉性。它如一个异教徒，上帝的使者，冷眼旁观着人类的言行，飞翔在人类的视线之内，对自以为无所不能的人类以无情的嘲谑。

　　其实作为能够陪伴我们过冬的鸟，在寒风呼啸，白雪覆盖的冬日里，能听到一声麻雀的鸣叫，都会为每一个孤寂的冬日带来许多亮色。我们应当珍惜这份超越物种的友情，虽然只是在寒冷中相濡以沫，而相忘于江湖，也足以值得我们珍惜。因为它是唯一能陪伴我们过冬的鸟。

夏日说荷

看电视剧《京华烟云》，木兰和小病初愈的素云到城外采露水的情节，很让人心动的。水波潋滟之上，绿意铺展的荷叶如一只只玉手擎住一汪露水，更像是柔唇中衔着的琼浆，莹亮剔透，让人心仪。松花酿酒，春水煎茶，那本是隐于山林的隐士的行为艺术，给人一种遥不可及的距离感。而在凡尘浊世中竟也有采得清露，烹茶煮茗的雅事，不禁心生清凉，如夏风拂面，暑气顿消。细想想，也只有那素雅如荷，高洁似露的木兰才能采得，品得。

所以，一直以为，凡荷花相关的都是纤尘不染的：荷叶亭亭如盖，荷花静立如仪，莲子清心败火，让人心生怜意，莲藕更是中通外直，七窍玲珑。水面上绿意当风，水下绵密着甜蜜的情感。难怪清代大戏曲家李渔连呼"夏季倚此为命"，意思是夏天离开它就没法活了。这也是到了"花痴"的境界，而作的痴人快语。世间有多少花痴？唯其能解风情才能有此称呼。《红楼梦》里的林黛玉算一个，而现实中的梅妻鹤子的林和靖算一个，东篱把酒黄昏后，有暗香盈袖的李清照算一个。能为某事而痴，那也是性情中人，做人的至高境界。

古往今来，咏荷的诗词名句使荷花无愧于花中魁首。"江南可采莲，莲叶何田田"，婉约的江南因荷花柔美覆盖而丰姿绰约；"荷叶罗裙一色裁，芙蓉向脸两边开"，是荷花与美女交相辉映的韵致；"清水出芙蓉，天然去雕饰"是荷花的清新脱俗的高雅；"接天莲叶无穷碧，映日荷花别样红"是荷花的汪洋恣肆，波澜壮阔了；"叶上初阳干宿雨，水面清圆，一一风荷举"，是荷花娇小妩媚，仪态万方娇柔。因此，连姜夔也不禁发出"嫣然摇动，冷香飞上诗句"的兴叹，荷花是足以配得吟诗入画的。

荷花一方面愉悦了我们的感官，同时又舒适熨帖着我们的脾胃。炎炎夏日，一碗清香盈颊，清热祛暑的莲子粥，让夏日如此凉彻。糯米、红枣、桂圆、红豆、绿豆……最少不了的是莲子，文火细熬，轻搅慢调，世俗的烟火，浓淡的汤汤水水，滋养了我们的肠胃。那些漫长的夏日，我们喝了母亲为我们熬制的多少莲子粥啊。它肥沃了我们的血肉，强健了我们的筋骨，让我们在将来的日子里御风而飞，如荷叶一样舒展大方自如。但岁月无情，熬老了母亲，让母亲皱纹陡生，也让那个偷摘莲蓬，失足将鞋子掉进泥淖的少年心事苍苍。几次读到冰心的散文《荷叶母亲》："母亲啊！你是荷叶，我是红莲，心中的雨点来了，除了你，谁是我无遮拦天空下的荫蔽？"让我依然感动得潸然泪下。儿女再大也永远是母亲心中的荷花、红莲，值得母亲永远用牵挂筑成风雨中不蚀的方城。

蛰居小城，漫漫长夏，看着蹒跚着为我送来八宝米的母亲，而我能为母亲做的是什么呢？除了几个敷衍的电话，往往未打完，就被母亲以节省话费而挂断，永远也代替不了她的牵挂。眼前的我，只有用燃气灶为远来的母亲熬一锅莲子粥，而过盛的火焰，心急的我只能为母亲端上一碗夹生硌牙，水米两清的稀粥，而我看到的却是母亲细细品咂有滋有味地喝下去的幸福。

谷雨农事

谷雨前后，种瓜点豆。谷雨是连着斑斓的立春和葱茏的立夏的。是夏的序曲，是春的尾声。

城里人还在品味着春天的余韵，看着枝头的落蕊，寻思春天怎么像经不起泡的茶叶，经不起品啊。而在乡下，大地上已是麦浪翻腾，绿色如潮，推着春天止不住地往前赶。

一畦畦暖棚下，地瓜秧、棉花秧已经长到一拃高。喷了几次催苗水，见了几个毒日头，就如懵懂的小学生一样，叽叽喳喳地嚷着要看看外面的世界。觉得自己是见过大场面的了。更何况风儿早就送来外面的热闹消息。远处大田也在呼唤着一棵棵秧苗来点读，注脚，上场。等风儿来起头，春雨来伴奏，一齐唱起：从春天出发，我们幸福地上路……

"谷雨前，好种棉""谷雨不种花，心头像蟹爬"。不用翻看墙头的农历，农夫就知道谷雨该干什么。

"宁叫秧等地，不叫地等秧"，壮实的扶犁汉子耐得住性子，懂得晚饭是好饭，也懂得苗壮多打粮的道理。扶住犁耙，吆喝一声腱子牛，犁铧翻开新土，像犁开一片波浪。土地的气息让他陶醉。

一马平川，一览无余的大平原，让肌腱突起、血脉偾张的汉子如灌浆的麦子一样振奋。他对这片土地、这个春天充满想象。因此，不论是扶犁耕地，还是摇耧播种，他都把动作做得亢奋夸张，如酒饮微醺的兴奋，使他按捺不住，扯开嗓子，吼上一腔。浑厚的嗓音不是喊给牲口听的，牲口走得好好的；不是喊给麦子听的，麦子忙着拔节续穗。他是唱给土地听的。

褪去了肥大宽松的棉袄的婆娘、小媳妇、大姑娘，露出丰腴、苗条的线条，与风吹麦田的波浪一样，曲线动人，一样让人遐想这片土地的丰富与厚重。撒种的动作是冬日里飞针走线绣荷花、绣鸳鸯一样的姿势。仿佛那不是在从事繁重的体力劳作，更像是弹起三弦琴，扬起水袖，袅娜地在舞台上走着碎步。

这风姿把扶犁的汉子看痴了，看醉了；把姑娘看羞了，看笑了。把犁耙走弯了，把种子撒溢了，把春事也撒满了。

一块麦地

一块静静地等待收割的麦地是幸福的。它肃立着，沉默着，滤去了所有的浮躁、狂野和喧嚣，把所有的日子沉淀下来，细细品味咀嚼，将单调青涩置换为饱满成熟，等待镰刀的靠近，为生命中最辉煌时刻的来临，它开始在五月的风里激动地战栗澎湃。

一直以为麦子是大地上最富诗意，最具神性的庄稼。淮南王刘安说过，不与夏虫语寒，不与曲人语道。夏虫一季就是一生，只知暑热，不知寒冬；曲人机心太盛，是达不到至真至纯的道之境界。而麦子是个例外，它是活得最长的庄稼。从第一年秋天的寒露种下，霜雪寒露，秋霖夏雨，麦子走过了秋冬春夏，因此，麦子是活过四季的作物。它的生命的年轮应该是一个浑圆饱满的圆。萌发分蘗拔节灌浆，每个过程都是对生命的咀嚼与体悟。风霜雨雪，严寒曝晒，每种自然物候都在加重它生命的分量，参与生命缔造和孕育的过程，如同铸造一把锋利的刀剑，是要经过多少次锤炼淬火和打磨的过程啊。

一畦畦，一垄垄，那是刚出土的麦苗，是清新明丽的小令绝句吧，它们对仗工整，平仄有韵，不需句读，谁都能读得朗朗上口，因为它是用最浅近平易的文字写成的，只有不识稼穑的人才会误读。麦子在成长着，壮大着，用不了多久，就变成一曲排律长调，或者是汉赋杂剧了。没有了体制格律，只是不停地泛滥充溢，放纵着自己的全部诗情，让自己的全部才思成为一片波光潋滟的绿色水立方，向更高远处，极纵深处流淌漫溢。麦子是大地上才华横溢的诗人。

麦海无边，麦浪翻滚，麦地是人间最盛大的一场舞剧。而导演这场盛剧的就是荷锄戴笠的农夫，没见过海的浩瀚，却不会阻遏农人想象力的贫乏，海就在手下、眼前翻腾咆哮。风过麦田，千万麦穗荷戟而立，兵戈铮鸣，响彻寰宇，整齐的舞姿，如雷锟电击，雨紧潮疾地传递到更远处，麦浪轰鸣，大地震动。

五月的麦子一片金黄，那是凝结固化的阳光铺展在田野上，到处流金溅玉，纯粹耀眼，灼人发肤。五月的乡村是农人的节日，洗沐一净的农人决定将麦子娶到家中。

割麦的少年头戴斗笠，并不能多给自己遮下多大的阴凉。催熟麦海的五月风也熏蒸得少年两腮酡红，那表情显然不同于平静表情下难掩收获激动的父亲。父亲能读懂儿子的心思，而儿子却不一定能理解父亲从眼角流溢出的微醺的喜悦。一个希望能像麦子一样将两腿也扎进麦地，变成一棵麦子，吸风饮露；一个却不断地将自己的目光牵系在大道上扬尘而去的汽车上，把自己的心思盛放在天空缥缈远逝的云彩里。同样是一块麦地，父亲眼里看到的是以后所有的日子的承诺和保证，是安眠稳睡平实富足。而在儿子眼中，这麦海则是难以泅渡的苦海，每一根麦芒都是刀枪剑戟，刺得自己遍体鳞伤，每一阵麦浪袭来，都会将自己的一生淹没瓦解，让自己片甲不留。哎，少年的心要经过多少岁月的磨砺填充，才能如一粒麦穗一样灌浆成熟，饱满坚实呢？

只有手捧饭碗，看一粒粒珠玉般的饭粒清澄可喜，满怀感恩之心的人，才能真正收下大地四时的慷慨赐予，并细细咀嚼咽下呀。

麦地带给我们的其实不只是浩瀚壮观的观感和享受，肠胃的充实和饱满，而应该是温饱之外的关于生命的更多的关怀和体贴，启迪和教益。一株能把所有日子酿成金黄的庄稼，本身就是一个大写的生命，它轮回四季，虽死犹荣。

乡下的夜

在五六月的乡下，布谷鸟的叫声可以夜夜听到。日里的噪气暑气如海潮一样退却了，剩下的便是一片干净无垠的海滩样的夜色，晾晒着更为广大的静谧和幽深，供乡下人安静地休憩。夜色呈现出的是迥异于白日的景象：万籁俱寂而有声，深暗的夜幕上散落的是珠贝一样的星子，向你眨着眼，前所未有地俯视你亲近你。除此之外，一切都隐去了，都躲在暗处，或睡梦的深处。又仿佛是在为一场更为盛大的剧目在清场，在等待。在这静水流深夜的间隙和空白里，一些隐在白日里的不易察觉，不曾倾耳细听到的更为广远的声音慢慢登场了。如凛冽的水汽扑面而来，让那些睡而未醒的人感到一种迥异于白日的气氛。那些附着在水汽、月色或星光里的声音、氛围，应是另一个世界的东西，它隐秘幽深行踪不定，飘忽而来又倏忽而去，让醒着的人又恍惚迷离地走进梦乡。

布谷鸟的声音就是在这个时候飘然而至，经浓烈的泛着蔬笋气的夜色淘洗，显得更加空灵悠远，清唳，不只是听觉的触动，更是心灵的震颤。躺在床上，你似乎听到声音是从河谷、岭巅、田野、村落，或者更多的地方传来，一只，十几只，几十只，更多的布谷鸟在聚集，在啼叫，用的是同一个声音，因而传得更为广远。那声音就像一个久睡不醒的人努力想挣脱梦的束缚，想走到远处去。睡在这声音里的人听到这要将自己拉出睡梦的叫声，像一根从井口颤悠悠地垂下的绳索，飘曳不定，不能从容抓住。自己像是被关在黑屋子里，有同一个声音变换着位置，在窗户，在门口，在天窗，在屋檐，甚至是在墙缝里，墙体的砖瓦石头里，在不断地叫着多年不曾被提起叫着的乳名，让你惊悚，想要让你醒来，却又让你无从发现，你听到的是更深重的战栗，你无法窥知他在哪里，无法探寻到梦境的出口，你在梦里迷失了自己，只有让布谷鸟的声音牵着你，在梦里越走越远，找寻不到归路。

很少的人能更多地深入夜色中，夜里隐藏着一个别人无从察觉的巨大的秘密，不会让人轻易窥知。我们只知道梦是夜的另一种形式，其实，梦只是夜的帷幕，它就是要幕罩住一些东西，不让人察知。除了少数在夜里醒着的人。夜不是白天的影子，白天是夜的一部分，夜躲在无处不在的暗处。

或者，夜是一株更大的摇曳蔓生的水生植物，清凉沁人，芳香异常，让同样的事物附着生长，如星光月色。星光月色就是它的藤蔓，它们在夜这棵大树上攀缘生长，达到一个前所未有的高度，带着浓重的水汽光彩，繁衍生长。那穿过夜色而来的布谷鸟的叫声就是这棵植株上的花朵或种子，饱满晶莹，响彻肺腑，每一声啼叫就是应声而至的花开花谢，瓜熟蒂落，让每一个人的梦也波光潋滟，心有涟漪。夜色广大无边，让人如沐佛音，心神宁静。而每个睡相从容的人都是悟道的弟子，法相从容。

因此，能听到这深夜鸟声的人是有福的。因为它向人透露或打开另一个通往迷蒙诡谲世界的通道或天窗，让人心怀向往。夜在布谷鸟声音的诱导下缓缓打开，如书页的翻动，馨香密布，让人陶醉。日里所有的纠结不安烦躁，得意亢奋激动，都被这声音渐渐抚平，过滤，净化，只剩下一些如这月白风清的夜一样本色的东西，在肺腑里吐纳如新，每个人也如一粒饱满的种子，在夜色的浸泡下，葳蕤茂盛，灌浆成熟。

风　荷

　　观荷须在阴天好。天笼着淡淡的云，雨是已经远了。打了伞，或者不打，一个人独自在荷塘边看荷花，也是有拥琴品茗般的惬意。看着荷花亭亭玉立，心事也如荷花一般盛开，一般美好。足以让人忘掉许多东西，又生出许多感受，一如荷塘底下的一颗胚芽，静静地穿插，在不久的日子里穿过黑暗的曲巷，才能去拥抱阳光。看着荷花，只觉得内心也清新如许了。

　　所以，总以为观荷足以让任何烦躁的心事都静下来的。那来自天堂之花的幽密宁静的力量，可以让人凝神谛视，心无尘渣。于是相信了花朵是神灵的化身，它能安抚一切动荡不安的心。释迦牟尼脚下七朵莲花，朵朵灿烂地开放，托着诸神，浮于众生之上。

　　荷边弄水一身香，让杨万里的诗句也一身荷香。荷叶的绿染醉了肌肤，荷花的香染醉了心魄。站在一池的碧荷边的人，眼里，心里，只有吐绿绽翠的荷叶荷花，只有满口满心的荷香。花儿是能够塑造人们的气质，经常与花儿相处的人会面容清癯，目光明亮，心底澄澈。能经常亲近一片荷塘或让一片荷塘植在心里，应是世上最幸福的事了。

　　小时候，到邻村去上学，要经过一片藕塘。盛夏时分，满塘碧叶，亭亭如盖，荫蔽了半亩方塘。轻风时至，荷叶就随风起舞，如翻滚的绿浪，无限的妖娆。而在绿浪之上，一朵朵白花如隐现在绿叶中的白衣情女，婀娜多姿，丰姿绰约，当时只觉得有无限的惊艳，看得出神。自己时常呆立在荷塘边，忘记了上学的时间，以至于受到老师的责备。但还是不改初衷，迷恋如初。一直想解开心中的心结，那烂泥塘中竟也可以长出如此天生丽质的大美来。后来，经历多了，懂得了美其实是不择地势贫瘠的，如高山雪莲盛开在雪线之上，寒冬腊梅开在冰天雪地之中。穷乡僻壤的山里也有山灵水秀的山妹子。记得一次实在抑制不住内心的渴慕，就涉水去摘荷叶丛中的荷花，却将鞋子陷进水里，被看园的老人捉住，内心的羞耻无处安放，只为了那一枝洁白无瑕的荷花啊。

　　白居易诗："小娃撑小艇，偷采白莲回。不解藏踪迹，浮萍一道开。"自己就是那个不解世事的小娃吧，妖娆的心事只有那一株白莲能盛放。而看着手里被采下的洁白的花儿，在时光里一瓣瓣凋落，竟也生出泣血般的痛疼。

　　读周邦彦的《苏幕遮》："叶上初阳干宿雨，水面清圆，一一风荷举。"疑是写荷花最出神的句子。宿雨初干，叶子清圆，在风中舞动，那是怎样的一种韵致啊。而这轻舞的荷叶竟牵扯出无尽的愁绪。"故乡遥，何日去。家住吴门，久作长安旅。五月渔郎相忆否，小楫轻舟，梦入芙蓉浦。"身居帝京，故乡森森，宦海浮沉，身如浮萍。飘摇的身心怎如做个芙蓉浦里的渔郎轻松惬意呢？于是，心随梦转，解官归去，做一个千里荷香中的舟子也称心。不羁的仕子，最终只有那片荷叶荷花能承载他的心。

　　又起风了，眼前的百里荷塘，荷波动荡，如涟漪阵阵，荷香借着风儿会传播到更远的地方，让人在日里，梦里长久地感动，惊醒。这应是风荷带给人的更大的慰藉。

年画艺人

在著名摄影家韦良涛的短镜头下，紧握刻刀聚精会神刻板的年画艺人让人感到暖意充盈。不用靠近，我就仿佛与他有同样的感觉，如同窥知他心中隐秘的幸福一样感到幸福。他手下的木版在他的刻刀和目光的引领下怎样由呆板凝滞枯燥慢慢还原为轻灵飘逸饱满。另一个缤纷的世界在他的目光下缓缓地呈现，如一粒种子的绽放，如佛祖目光里莲花的盛开，让人一样的心动。这一切从他绽开的眼角鱼尾纹里可以自然地流露。

一百瓦的日光灯，这俗世的温暖光明照亮他及屋内的一切。让他如同置身于佛光的眷顾下。室内蓬荜生辉。刻好的木版、桌椅、刻刀、悬挂在屋顶的一沓沓的拓好的年画，以及他的孱弱的身体，都沐上一层流溢的红光。而此时的他，已不只是那个专注凝神的刻工了，而成为身披大红藏袍袈裟的虔诚向佛的佛门弟子。梵音从头到脚，醍醐灌顶，灌溉着他，笼罩着他，一切皆盛大光明了。他的世界里无我无物，只有木版上生灵展翅翱翔，鸟语花香，流水潺湲。那是一个更为广远的世界。足以让他沉醉一生。

刻刀下流淌的轻灵的线条像什么呢？像是催醒万物的春风，凡是他的刻刀经过的地方，吐绿绽翠，鸟鸣虫唱；像是滋润万物的春雨，水流之处，春光溢满，春花灿然。它先于知春的草木虫鱼，引领着春天的方向，让大地回春。

刻刀与木版，金与木，刀锋跟静卧的树的躯体，这对生命的死敌，在刻工的手下互相包容，完成由相克到相生的命运转换。杀伐的刀锋在砍倒树木之后，幡然醒悟，立地成佛。在木版上，刀与木的合作让另一种生命重生。而这一切皆源于他神思地牵引。小小的刻刀让另一个世界在他手下訇然诞生：想象的世界在木版下复活，作古的人物神采飞扬。大地鸢飞鱼跃，沃野五谷丰登，层峦耸翠，江河滚滚。他在转动刻刀中超越时空，扭转乾坤，抚今昔于笔下，纳万物于刀间。他独坐陋室，又如君王君临天下，俯瞰万物。让千年为一瞬，让一瞬成千年。

两扇隔扇门上，刚拓下来的门神站立两厢，神采飞扬，守护的是：人财两兴旺，福禄双吉祥。丰淳的寄语如嘱托，如祝福，福佑万户千家，让每家都福泰康宁，每个日子都红红火火，让每个人身后的日子都饱满充实。它们贴在门上，照在心里，从此天地坦荡，大道通衢。门上的玻璃窗上，对称排着刻工精美的蝴蝶和狮子。蝴蝶翩跹展翅，狮子矫首仰视。一对是柔婉似水，风花雪月；一对是金刚怒目，不啸自威。刚是刚，柔亦柔，守着一方宁静祥和。

室内墙壁上，贴的是招财进宝，农耕渔樵，观音送子，都是大红大紫的饱满富足，浓艳耀眼。都有现世的安稳，庸常的知足。如炉火，如暖阳，照着闾里巷陌，寻常人家，寻常生活。足以让人安静地来过完一生。

相比越来越多的激光照排技术下的光怪陆离的精美挂历、招贴画，我更喜欢这经过千凿万刻的年画。朴素甚至稚拙，流露着生活的汁液和味道。它们一个是浓妆艳抹，露脐袒胸的时髦女郎，一个是洗尽铅华，清水芙蓉的乡下水妹子。一个是浓重的江湖气，匪气，一个是清冽的烟火气，生活味。

图片可以复制，生活却不能嫁接。没有丰穰的文化土壤和血脉的滋养，结不出甘美的果子。

而这位在灯光下的年画艺人，他的手艺能否衣钵相传，一脉相承？他在打动我之余，也让我感到了来自时间深处的萧萧秋风。

守望秋天的田野

我一直深爱着家乡秋天的田野。

秾丽的阳光照耀下的原野，如凡·高笔下的南普罗旺斯阿尔一样灿烂。我便常蹲在田间地头、河畔、岭巅，如同一位老农钟情地注视着这片已融入自己血肉的土地，有如一位漂泊的游子重回家园一般，痴迷、神往着这片蓝天净土。

当然，我不是梭罗，他除了劳动、观察，还静止不动地坐着融入他所坐的石头，直到因他到来而退缩的鸟虫鱼回到原处，继续它们原来的生活——或者说，因为好奇而回到他身边观察他（爱默生语）。

我也喜欢独自静坐，听千年而来的飒爽的清风，从西北方的遥远的地方带着她的体温掠过田间稗草的芒尖和桦树的枝丫，摩挲着我的肌肤。看那不着任何杂色的，只有高原地区才有的湛蓝湛蓝的天空。我真想纵身一跃，跳入天池一般的天空，畅洗一番，从肢体发肤到精神魂魄。

西岭上，桦树也变黄了，椴书、枫树红透了，还有那些经年不变的松柏，远望去，色彩分明，摇曳多姿，一如西方印象派大师不经意地点染，又如明清山水画派笔下恬淡幽远富有禅意空灵的秋意图。

萧萧野泊和秋草地里，螽斯、蟋蟀、金琵琶的叫声此起彼伏，响成一片，编织着一个秋日的古老的童话。

秃岭高坡，几茎衰草离坡，在秋日里，演绎着生命中最深沉的颜色，浑厚、深沉而浓挚。田间作物在天地精华、风霜甘露的滋润下，在经过最后一道工序的酝酿，如深藏在地窖中的百年陈酿，只等揭开酒坛盖子，便香气四溢，沁人肺腑了。这时，空气里秋风熏蒸着五谷杂粮熟透的醇香，使我的每个毛孔、细胞都沐浴在这大自然的香风里。我又变得青春激荡了。啜饮着这天地之气，我仿佛觉得自己也长成了一株肃立饱满的秋野里的庄稼。

在每个得闲的日子里，我常常独自静坐，从朝霞满天到暮云四合，鸟鹊归巢，村落里飘起燃麦草做饭的清香，直到披了一身月色。不知从什么时候起喜欢沉默在这天地静穆的秋野里。我喜欢沉默，沉默是首无言的诗，无韵的歌。只有独自浸泡在其中的时候，才能品味得出个中滋味。有位作家说过，沉默可以调整心灵，让睿智浮现。我没有让睿智浮现，但却得到一种心灵地释放，一种从未有过的归属感。人生其实就如清风过耳，细雨入池，渺无形迹，容不下半点思索，而尘世中的我不敢奢谈什么人生况味，自己本身就像断梗飘蓬一般飘忽不定，能有一点缝隙安放自己就足慰了。

也是在这片土地上，有我和父亲共同走过的田间小路，耕作过的土地，呼吸过的空气和沐浴过的阳光，而今，父亲已经融入这片土地、空气和阳光中。虽然我与父亲阴阳两隔，但我在时时刻刻的守望与凝思中分明地觉得：阳光里有父亲关爱和俯视的眼神，清风中有他大手般抚摩的呵护，空气里有他那浑厚有力的带着辛辣土烟味的鼻息。我久久地注视倾听，恍惚间，似乎那株父亲亲手栽下的业已挺拔高耸的白杨在谕告着什么。然而，只有枝叶婆娑，树叶沙沙，秋叶如雨般地陨落，我却泪眼迷离。

　　如今我在远离乡村的小城谋生，那风雨中的老屋是我永远的精神的归宿，我常乘着梦儿归去。父亲说，一个人走得越远，那根弦就越紧，故乡是永远的根。是啊，树长得再高，也离不开根，树就是倒立的根。

　　夜色拢来，空气里流过微醺的田野的气息和白日瀸热的气浪。荧光点点，是招摇的夜的眼还是父亲的灵光闪闪的殷勤顾盼?

　　我守望着家乡的田野，在守望中，将褶皱了的年华在暮霭中一点点润湿、铺平、展开。在守望中，抚去生命中的芜杂与喧嚣，使我变得纯洁、透明。

　　在家乡的泥土中，我只愿做一片草叶，平凡地活着。

走失的家园

　　有人说，故乡是属于游子，属于远行人的。身在家乡的人没有故乡。对于远走他乡的人来说，故乡如同与生俱来的胎记洗刷不掉，痛彻肺腑。一个没有故乡的人是孤独的，身老家乡的人是幸福的。而今，这些已都与我无关。故乡只是曾经的记忆，是履历表上的一个渐行渐远的符号，一个曾经的标记，一个只能怀想，不能到达的伤心的所在。

　　这种感觉从卖掉老家的老屋以后愈发浓重。小时候，读鲁迅的《故乡》，很难体会鲁迅先生的悲凉压抑的感受。文章开篇写道："在苍黄的天底下，远近横着几个萧索的荒村，在渐近故乡时，天气又萧瑟了。"那时无从体会鲁迅先生悲从中来的寒凉。只觉得，远方有一个更加温馨的家，一样是美妙的。而体会不出那种将自己庄稼一般从生长养育的土地上生生拔离而去的刻骨的荒凉与疼痛。

　　老屋简陋，那也是养育了自己的幼年、童年和少年的襁褓。这种初物恋是每个生命都有的心灵感应。小时候，农田里种烟草、西瓜，要先在暖炕上育秧苗。移栽时，再旺盛的苗子，如果不带一点原来畦子里的土壤，也是不肯栽活的。因此，挪栽时都要带一些原来的土壤，方肯成活。其实，这何尝不与人跟家园故土的关系一样呢？动物中的大象、狐狸、骆驼等，也都是重情之物。对其出生地有着难以割舍的感情。大象骆驼死亡时要拼却生命回到它的出生地；狡猾的狐狸，也有"狐死首丘"的动人之处。而人又何尝不一样呢？异国他乡的水土虽是养人的，但是要经历了水土不服的断乳期。因此，把异乡当家乡的人，大多是和着泪水入梦的。

在一个地方待久了，和周围的风物熟悉了，如同物化为其中的一部分。一处老屋，十几年，几十年的时光浸染，耳鬓厮磨，每一块砖，每一片瓦，每一棵树一棵草，墙壁上的水渍，屋角的裂痕，都已成为记忆的一部分。每一片瓦都曾安放着自己的一片目光，每一片草叶都会挂着一串生动的笑语，每一丝墙壁屋角都寄居着一个安谧的灵魂。怎么能不思念，怎么能不动情？当你离开之后，虽没有肢体分离的切肤之痛，但灵魂无处安放，身体是要饱食流离颠沛之苦的，身心因此不安分。

一个曾经留驻自己过往的地方荒草丛生，或是被另一种生活，另一些人所代替，他的心会失血，枯槁的。老屋卖后，我的心就蔓草丛生，心无所依。

记忆中留驻了两处老屋的影像：一处盛放了自己的童年，一处盛放了自己的少年。新一些的老屋建在旧一些的老屋之上，如同童年之后是少年。老屋的地基坚实，如同自己的身体健壮。如果说，我看到了老屋的暮年，不如说是老屋看着我的诞生长大。在我还不能独沐风雨，独自闯荡江湖的时候，老屋如襁褓般对我呵护有加，守护着我的每一个清澈的清晨和静穆的夜晚。而当我能挣脱她的怀抱，经不起远方的诱惑，我把它的看护看作束缚禁锢。逃离的愿望一天比一天膨胀。他乡山奇水秀，他乡人美物异。不安的心早已远离了故乡。然而，他乡的灯火温暖不了疲惫的身心，他乡的屋檐容不下抖索的身子。离家多年的游子想家了。

在我远离家乡，谋生异地的日子里，老屋成了我唯一的牵挂，因为那是父母用自己的血汗垒砌的温暖的家。父亲离我而去，家成了孤独的空巢。凭风雨侵袭，荒草占领。日渐枯朽的门楣窗框，苦苦支撑着，让我每一次到来都泪雨滂沱。我不知道，它会不会先我在一个雨夜倒下去。没人守望的老屋也会老的，而在我远离它的岁月里，它已老态龙钟，让我触目惊心。我一直坚守着一个观念，老屋在，自己的根就没有断，老屋是自己的影子，哪怕成了一堆瓦砾。而想到它真的废墟一般呈现在我的眼前，我不知能不能承担得动一块砖瓦的重量。于是，在一个春意尚未萌动的早春，院墙前父亲栽下的梧桐、杨树还未发芽，老屋就被转卖给了本村的一个族叔。老屋与我一样迷失走散在那年的春天里。

老屋你可要挺住啊，我的心里放下了一块石头，却放上了一座山。自从将房屋有关的房契易手之后，我知道，我再也不能踏进这个院落一步。即使再次进入，也只能作为一个外来人，一个匆匆过客。至此，老屋里承载的我的那些年华岁月，一起流失，消散。我已与它无关。

老家的人事如秋风中的落叶，日渐凋零，熟悉的面孔愈来愈少，陌生的面容愈来愈多。原先，在村里，每一条小巷，每一棵老树，都是一段记忆。而今，走进村子，一道走不通的死胡同，让我如同外来者一般尴尬无比。我已成为一个外乡人。我和家乡形同陌路，两不相干。新一茬长起的孩子都会带着异样的眼光看我。老家没有我容身的一榻、一枕、一碗、一席。没有属于我的一砖、一瓦、一草、一叶。没有了老屋，我越来越缺少一个冠冕堂皇、光明正大的回乡的理由。我的来临会被曾经的邻舍好奇，远近的族亲叔伯会将我如同远客一般邀到客厅，让我受到客人一般的待遇，而这只能让我感到隔离悲凉。

姐姐家反而成了我唯一能安心落脚的地方。我去姐姐家的次数越来越超过回老家的次数。虽然两个村子近在咫尺，在目力所及的范围之内，土地毗邻，隔河相望，但那个只能遥望的地方距离我越来越远，多情的炊烟不再为我飘起，肥沃的土地再也长不出属于我自己的庄稼。我向着家乡抬起脚的力量渐渐枯竭。

有时，我想从姐家趁着夜色掩护，潜入那片曾经熟悉的热土，到自己的老屋边望一下，哪怕只是短暂的停驻，哪怕只是用手轻抚一下熟悉的院墙，篱笆，看一眼那棵依旧能喊出我乳名的父亲亲手栽下的白杨树。然而，这一切都只是停留在我的想象中，无法付诸行动，我感到它的距离比任何一个自己想要去的地方都要遥远，只能遥望，不能抵达。我怕自己的失态会让人窥出端倪，自己的多情会被人视为做作。我怕那棵老树会喧哗得天地痛哭，引得屋宇悲戚，让我溃不成军。

古希腊哲学家赫拉克利特说过，人不能两次踏进同一条河。我也不能两次拥有同一个故乡。我是一个先遗弃了故乡，又被故乡遗弃的人。

失去故乡的我已一无所有。

父爱的味道

那年我十四岁，刚上初中。家里人为了照看果园，从亲戚那里牵来一只狗。那只狗高大凶猛，对生人更是虎视眈眈。我觉得自己已经喂了它好多次了，跟它差不多已经混熟了。然而，一次我正要将刚扯的羊草放到狗身边的手推车上。忽然，狗性大发，扑上来，恶狠狠地将我的胳膊咬了一口。顿时，血流如注，我感到天旋地转，也觉不出疼痛。自己强忍着跑到村卫生室，村医也手足无措，不知怎么办。经过简单的包扎后，大哥用自行车带着我赶往镇医院。

在镇医院，简单地处理完了，哥哥又带着我往回赶。紧张加疼痛，让我神志恍惚，只是倚在车子上迷迷糊糊的。从地里风风火火赶来的父亲和我们在路上交错而过，我们没看见父亲。失魂落魄的父亲也没看见我们。幸亏被路边的婶子大娘喊住，一头大汗的父亲才认出我们。扔下车子，抱住我的胳膊，带着自责和愧疚连声说："这伤应该是咬在我身上，这伤应该是咬在我身上。"

当时，我并没有体会出父亲这话的苦衷和后悔以及对儿子的挚爱，现在想来，憨憨的父亲是宁愿让狗咬在自己身上，也不愿让儿子受苦。因为父亲觉得，咬着自己是咬在肉上，而咬着儿子则是咬在他的心上啊！

那条狗并不是一条疯狗，村里左邻右舍都说，在乡下谁没有被咬的经历啊，不用在乎。可父亲就是在乎。在这点上，他宁愿相信医生而不是那些觉得无关大体的人们。因为村医说，狂犬病病毒的潜伏期可以长达几年到十几年。因此，父亲丢下地里正要开镰的熟得掉头的麦子，第二天就上县城去为我买疫苗。

当时正是六月伏顶子天，人在日头地里站不了几分钟就会汗流浃背。而从家到县城往返有一百多里的路，我很难想象父亲是怎样一路骑行，飞奔在颠簸的路上。县城是希望的起点，家是希望的终点，起点和终点之间，父亲骑行如飞，衣衫飘飘，铭记终生。

疫苗要低温保存，没钱买冰壶的父亲就花上几元钱买上七八支冰棍儿，将针剂放到冰棍里面包好，在未化之前，飞车赶回。包严的冰棍在溽暑中顶多半个多钟头就会化掉的，而这半个多小时，就是为父亲设定的几十里的路程需要的时间。路程、时间、速度之间的关系，父亲是用自己双腿反复为儿子演算着，这让我体会终生。

每次回家，父亲那被汗渍浸透的衣服，都会浮现出白茫茫的一片盐渍。我说，爸爸你吃的盐怎么都上了背上去了。父亲笑着说，那是一朵云彩哩，有云彩为你爸遮阴，就不觉晒得慌，骑车如同腾云驾雾呢。我不知父亲的衣服被汗水浸透了多少次，又干过多少次。

作为打完针后的犒赏，父亲总是将没舍得喝的那一兜子冰棍儿水留着给我喝。看到累得汗淋淋的父亲，我说，爸爸，你喝吧，我不热的。父亲憨憨地露出烟熏火燎的黑槽牙，笑着说，爸爸不爱吃冰棍儿。我知道，如果我不喝的话，父亲是坚决不会喝的。我只好偷偷地将混同泪水和冰棍儿水的液体一齐咽下，那咸咸的、甜甜的、酸酸的味道，大概就是父爱的味道吧。

打一个疗程要五支针剂，没有冰箱、冰柜，父亲只好一次次地奔跑在通往县城和家乡的漫漫土黄路上。

所以，在离开父亲的三千多个随风而逝的日子里，我回忆中的父亲，仍是那个汗渍满身，热风鼓荡起衣服，在路上骑行如飞的年轻的父亲。在我心中，父亲似乎永远是那个不老的父亲。父亲永远奔跑在儿子生命的年轮之中，直到我活到父亲的年龄，直到我比父亲更老。

在以后的日子里，我会永远地想着父亲，想着父亲那憨厚的脸，憨憨的笑。直想到日落黄昏，月满霜林。我知道，尽管父亲的坟头荒草戚戚，但父亲的面容会永远地留在心里，任时间流逝，今生不蚀。

和着泪水，写下这篇微薄的文字，我不知道它能否承担起厚重的父爱，让地下有知的父亲得以安慰。在离开父亲的日子里，我会将痛化作爱，去爱自己的女儿，爱自己的亲人，以及周围的人，我知道父亲并没有走远，他在不远处默默地看着我，为我悲喜，为我祝福。风会告诉我一切，雨会告诉我一切。将所有虚无的日子过得饱满，将阴霾日子过得灿烂，父亲一定会为我感到高兴。

我愿意以此作为菲薄的献祭，奉献到父亲衰草离坡的坟前。也愿天下的父亲永远安康幸福，这应是天下所有儿女的心愿。

那时花开

　　村子小学的校园不大，只有四栋房子，除一栋作教工的办公室和宿舍外，其他三栋是一至五年级的教室。方方正正的校园承载着全村孩子的欢笑嬉闹。挂在校园里那棵老柳树上的钟敲响时，钟声会传遍全村的角角落落。悠远的钟声使田畴远畈的农人也沐在钟声的韵致里，驻足翘望之际，心事也跟着悠然起来。

　　春天来了，教室外房檐下，被踩实了的花畦，这时会依旧按照值日小组被分成五块，每个小组一块，由孩子们操持，决定填注它不同的内容。丈许的花畦是必须平均分的，不许多一点和少一点的，土里生土长的孩子更觉得是寸土寸金的。地分好了，我们就开始翻地，整畦，下种了。大家较着劲看谁种的仔细，谁的花将来独占鳌头。因此做起活来格外的卖力。花是再普通不过的花，什么凤仙花、粉花子、步步高、草杜鹃、美人蕉……都是些易活耐看的草花野花。平常就生生灭灭地开谢在农家的檐前屋后，不用人管，都长得活泼茂盛，花开了，一丝丝一簇簇引得蜂蝶飞舞，让人驻足。花色红红绿绿，都是乡间俗常喜见的颜色，然而俗却未必不雅。俗中是能生雅的。艳丽的花儿点缀着乡间的青灰黯淡，照亮了庸常琐碎的生活。一如乡间的农夫村妇，本色平易，也是乡间一景的。

孩子们也爱极了这些红红绿绿的花草，用它们将教室装点得五彩斑斓。花籽从种下，便躁动着繁衍着孩子们的心事，花苗从破土露芽，到伸枝分叉，到含苞吐蕊，都是孩子们的节日。我们比着谁的先破土，谁的花艳丽，春风夏雨填充的一个个单调的日子，因了这些凡俗的花儿而靓丽丰润。校园外面春色汹涌，夏日烂漫，而我们的花畦占尽东风第一枝。姹紫嫣红的花儿点燃了每颗童心，缤纷着每个幼稚的童年。

粉花子是在乡间的俗名，我们也不知它系出何门，但平凡亦高贵，植株声势煊赫，不让他花。花冠犹如朵朵朝天吹响的小喇叭，又像繁星点点。到了全盛时候，一朵朵伸向天空，如乡间迎娶新娘的鼓乐队，鼓乐喧天，唢呐齐鸣，这枝奏的是百鸟朝凤，那枝奏的是鸾凤求凰，一派热闹气象。步步高又名步步登高，是争强好胜的花儿。一朵高过一朵，名字听起来就祥瑞喜气，农人们也都喜欢。种下它，好日子就在前面，生活就有了奔头。凤仙花是花中的仙子，凤冠霞帔，花色艳丽，深红、粉红、大紫、纯白，它的颜色囊括了农家日子的全部，让人心生敬意，生老病殁，婚丧嫁娶，它都能读懂。因此它不是凡身。花冠有单瓣，也有复瓣。单瓣的清清爽爽，如小家碧玉；复瓣的雍容典雅，如大家闺秀。爱美的姑娘，喜欢用凤仙花来染指甲。用白矾和水浸泡花瓣，然后再用汁液染指甲，颜色经久不褪。这据说是杨贵妃用过的方子。不过染指甲要是被老师看见了，要挨骂的。因此只能偷偷地来染，没等看够，就匆匆洗去，而指甲仍然红艳艳的，平凡的花儿洇染着农家女的妖娆心事。

花儿年年谢年年开，装点着素朴的童年少年。纯净的心灵底板上，因为这些五彩缤纷的花儿而变得馥郁芬芳。虽然穿的是补丁摞补丁的衣裤，吃的是粗粮的窝窝头，我们仍然心生幻想，就是因为从小就在心中种下了五彩的种子，有一袭五彩的翼翅，飞翔在童年的天空。

如今校园荒芜了，老柳树也老态龙钟，铁钟锈迹斑斑。但那种在心底的花儿又会在每个春天到来的时候在心里翩然绽放。

一直以来我想弄明白，为什么那时我们是那么乐观向上，至今我才懂得，正如一位哲人所说的，要使心灵不会荒芜，就要在心灵种上鲜花和庄稼。其时，我们早已在心里种上了妖娆的鲜花，它必将芬芳肥沃着我们，风雨一路，阳光一路。

第四辑：乡间时光

想念一棵树

那棵树其实是再普通不过的树，是父亲生前亲手栽下的一棵白杨，就长在老家院墙外的西南角，却足以让我仰望一生。枝繁叶茂，亭亭如盖。十多年的时间，足以让时间变得不堪回首，让一棵树直耸云霄，却不能让它老去。

每次回家母亲都不忘嘱咐我：别忘了看看那棵树。其实，不用我怎么看，树都在那儿，静静地站立，默默地生长。春来一树杨花落蕊，绿叶匝树；秋来落叶委地，独对寒秋。一棵注定能成材的树是无须别人照顾的。正如父亲对我的谆谆告诫：好孩子不用管，好树不用砍。先天的根性已划定了它成长的道路。

但母亲还是让我不要忘记，别让四邻的柴火垛包住树，以免烧坏了树干、树根。我知道，母亲惦念那棵树，就如同惦念父亲一样。只是不直接说出来，只是怕我伤心。而有一棵树让她记挂，我觉得老家依然和往常一样，庭阶寂寂，静穆有声。恍惚间，说不定哪一阵晚风会送来晨炊和晚饭的清香，会传来一声浑厚响亮的咳嗽，让我恍惚神失，让我泪眼迷离。

　　老屋未卖前，院子前后其实有好多棵树：梧桐、白杨、槐树、香椿。这些树高大魁梧，树姿却很庸常。一如父亲的秉性：不求美观，只求实用。我觉得它们庸常的外貌里，更多的是质朴、自然，一如父亲的秉性以及他侍弄的庄稼。

　　春来梧桐花开了，槐花开了，白杨树杨花满地，香椿春意萌动。满院子都是春天的馨香，就连早晨醒来的梦也是香甜的。梧桐花是幽微的，如同话里有话，余味悠长，需要很用心地去体会；槐花是浓烈爽快的知心话，让人心知肚明，闻了内心豁亮；香椿高举着通红的火炬，那是新发的嫩芽，如婴儿甫张的笑脸，引领着小院春天芳香的道路。而今，我常常失眠健忘，因为没有一棵香气馥郁的树来陪伴，我很难有一个安眠稳睡的夜晚。

　　在每一个应时而来的春天里，父亲一项重要的任务就是爬上梯子，将树的乱枝斜柯毫不吝惜地锯掉。一次，扶着梯子的我有点惋惜地说，都这么粗大了锯掉不是有点可惜了。父亲说，树也如同人一样，不能由着性子长，那只能长出斜枝、荆条，跟人一样，分了心，夺了魄，是长不成大材的。我红着脸，知道这些话不是说给树听的，而是说给我听的。我其实就是父亲栽下的一棵树，只是我自顾流连光景，心散神移，疯长的是荆条，张扬的是杂枝，如何能长成一棵挺拔的大树呢？我就是父亲亲手栽下的一棵任性的树。

　　有父亲在的日子，我把父爱当作疯长的资本；父亲不在的光阴里，我又自惭颓唐，把失怙当作自暴自弃的理由。我成了一棵无以约束的野树。

　　没有父亲的陪伴，我也应该更好地生活，相信这也是地下有知的父亲的愿望，虽然，我在茂密的如同森林的城市里找不到一角可以为我遮风避雨的树荫，但我应该学会在风吹雨淋中长大、坚强。一如父亲栽下的那些树，长得高大挺拔，茂盛如斯。

思　秋

　　秋风正深入秋天的每一个细节，让生命在寥廓的天地间展示出迥异于春夏冬的异质。

　　庄子说，天地有大美而不言。我觉得这句话应该是庄子站在秋天里，望着成熟的庄稼和开阔的原野发自内心的自然流露。其实，我们每个人都有同感，然而其中的况味却早被两千年前的庄子说出。虽然我们活在同一个秋季里。

　　秋天给人的感觉应该是热烈、沉静、充实、壮美，以及其他一些宏大的生命体验，而无关小节的。

　　秋风是高妙的调色师，他随意挥洒便做出大气磅礴酣畅淋漓的大手笔。你看，举目所见处，万山红遍，层林尽染，仿佛是上帝趁醉打碎了五彩的琉璃瓶，天地间到处是色彩的海洋，铺张绚烂，汪洋恣肆。从青天碧落的瓦蓝清澈，到山林上下流光溢彩的金碧辉煌，再到田野里庄稼的汪汪一碧。色彩舒张着人们的目力，让人们心旌摇荡。置身其中，让人产生飞升的快感。色彩在沉淀发酵流淌，在喷涌满溢膨胀。色彩感染着你，愉悦着你，呼唤着你，提升着你。它是如此缤纷，又是如此纯粹。天空湛蓝如海，红叶灿烂如血，田野凝碧如翡翠。红绿蓝这至纯的三原色占领了秋天的角角落落枝枝脉脉，调剂出一个恢宏壮美的秋天。

枫树、槭树、黄栌、乌桕，如待嫁的新娘，头顶红盖头，身穿大红袄，脚着绣花鞋，眉里眼角掩不住的喜气，从山脚奔向山顶，从平原奔向高山。青松、侧柏是绿艳的伴娘，款步轻摇，快绿怡红。田间的红花绿草是嬉闹的看客，也淡扫蛾眉略施脂粉，或浓妆艳抹，顾盼神飞。也要从中沾些喜气和彩头。

天地间，一场盛大的婚礼正在进行。

诗人聂鲁达说："当华美的叶片落尽，生命的脉络才历历可见。"秋叶稀疏或落尽，闪出了更为宽广的田野和清明的天空。让人在天底下可以直视无碍，纵展目力，一览无余。远山、村郭、林莽开始呈现出一种躁极归静的沉稳与成熟。

所以，秋天是一个适合思考的季节。

从每一棵落叶将尽的树、肌肤坦白的山到低眉颔首的谷穗，都会让人在与之对视中感到宁静。它们是真正的思想者。季节的风霜刀剑，雷锟电击刻画出曲折的年轮、深刻的纹理和充实的籽粒。因此它们比任何一个在林间地头把斧握镰的人想得都更为辽远。而我们更多的是像这个生命现场的过客，或局外人，想到的只是眼前的树有多高，多粗，砍下来够不够一冬驱寒取暖的柴薪；地里的庄稼能不能填充我们漫漫长夜里空虚的皮囊。

蝉声远了，雁阵掠起水面的涟漪又归于平静，只有草窠里蟋蟀、蝱斯们在渐凉渐长的秋夜里与我们相伴，绵密着我们的美梦。

秋叶开始离开枝头，舞姿优雅，如探戈、华尔兹，又像一个悠长的叹号。有的树从入夏入秋就开始落叶，一直到白雪飘飘，混同在雪花中飘飞，直至来年。有的则步调惊人的一致，如梧桐。它们好像在一夜间商量好，在秋霜的驾临下，齐刷刷地落下。从一个青丝满头的少女到削发为尼的姑子，让人感叹。梧桐落叶声因其硕大无朋常常惊醒夜间深睡的人们，疑为风雨骤至。梧桐将一生的话一夜吐尽。

叶落知秋，置身纷纷坠落的树叶之中，人会感到莫名的惆怅、感伤，很少会感到壮美，感到一切意兴阑珊。秋叶如寄往下一个春天的大红信笺，从秋天出发。而人生的信笺又寄往何处呢？因此文人墨客吟出"秋风萧瑟天气凉，草木摇落露为霜"的感慨也是情理之中的。

其实，古人还吟出"自古逢秋悲寂寥，我言秋日胜春朝""我觉秋兴逸，谁云秋兴悲"的旷达之语。也如苏东坡泛舟游赤壁，不是也生出"盖将自其变者而观之，则天地曾不能以一瞬。自其不变者而观之，则物与我皆无尽也，而又何羡乎"的疏放旷达之叹。

不老的春光

花事如绚丽的烟花，缤纷着每一个春日。而夜来风雨声，花落知多少，又让乍喜的心情体验着繁盛之后的落寞。因此，无论是贩夫走卒，还是寻常百姓，看花开欢喜，睹花落伤春，不只是才子佳人才会黯然神伤。

细心体会，用"青春"一词来形容人的大好年华是最恰当不过的了。而"青春"的本意则是指向青草春花，春花烂漫的春天。因此，人们用白驹过隙、韶光易老，花有重开日、人无再少年来慨叹如春光一样的年华。慨叹也罢，感怀也罢，春天还是无可遮拦地载着岁月滚滚向前，让人徒生"人稀春寂寂，事去雨潇潇"的怅叹。

日里，游走在网络中，几幅鲜润的古画穿越时空泛波而来，让褶皱泛黄的心绪在遥远的春光的滋润下轻灵活泛。

愠黄的宣纸，蘸一笔墨色，抹一缕惆怅，几曲笛声悠扬。墨色伴红印，一身染墨香。千百年来的春色就这样被定格，被凝望，被珍藏。

没来由地喜欢水墨淡雅的国画。博客上几幅久远的春天，在凝望中扑面而来。"桃红复含宿雨，柳绿更带春烟"。灼灼桃花，袅娜春柳是春天里最庸常最灿烂的风景，也成为眼前画作的主题。这些大红大绿的色彩，不仅生长在寻常百姓的檐前巷陌，更燃烧在画家微黄的宣纸上。深深浅浅的墨色繁衍了一个又一个色彩缤纷的春日，把春意调和得酽酽的，浓浓的。

郭一桂的《桃花图》，李蝉的《桃花春柳图》，王晕的《杏花春雨图》，恽寿平的《春山暖翠图》。眼前一个个繁盛的春日朗润舒展，光彩夺目。单是读一下这些快绿怡红名字，就让这些远去的日子舒展茂盛，气韵生动。

"数枝可作先生传，凭瓣曾迷汉魏来"，傍水临池的水之湄，或是风生水起的禅房花院。搦管丹青，温润隽秀，色彩清新的春天就在纸上翩翩起舞了。纸和笔完成了一项完美的合作，劫持了春天，让春光不老。看吧，柳叶已翩然，桃花正烂漫。柳是旁逸斜出的疏柳，临风飘举，婷婷袅袅，它定是依傍在《诗经》的河畔吧；桃花是屈曲盘旋的虬枝，修持得刀枪不入，却是暗藏了侠骨柔情，它定是出自陶潜的桃源吧。

不论是阑珊的暮春，还是飘雪的冬至，这些红红绿绿的色彩，足以照亮最暗的深夜，温暖阴冷的严冬。

看着这些春天，我们就会觉得其实春天是不曾老去的，春光永驻人间。如张晓风说，春天不曾匿迹，它只是更强烈地投身入夏，夏是更朴实更浑茂的春。正如雨是更细心更舍己的液态的云。

只要心有春光，便可以领略到处处是春光，便可以于无弦处听古琴，于无水处赏清音。

有这几幅古朴的国画填充着视觉，把春天看作人生的起点，也把春天看作人生的终点，而其间便只有春风浩荡，春光烂漫，青春常在了。

风筝情思

风筝是天盛开的锦绣花朵，在每一个适时而至的春日里繁密着春天的心事，也将我的心事填得满满的。一根筝线连缀起我的童年和现在，连缀着父亲和我。

又是一年三月三，风筝飞满天。望着那被风筝编织得如花般绚烂的天空和草地上追逐雀跃的孩童，我的心也从蛰伏了一冬的寂寥中苏醒了。而孩子们的灿烂的欢笑，也如丝线一般牵连出我儿时的那些美好绵长的回忆。

父亲不仅在家务上是一把好手，还是个心灵手巧的能工巧匠。

虽说农家春日无闲暇，可父亲却总能利用歇晌的间隙，或者傍晚收工的时间，抖掉满身的泥土，顾不上浑身的疲惫，给我们扎上几只风筝，让我们快乐整个春天。

做风筝需要好几道工序。首先是备料，父亲用做席子用的篾刀先将竹板劈成粗细均匀的竹条，削去竹瓤，只用韧性最好的竹青。料备好了，下一步就开始扎制。将削好的竹条用煤油灯烤软，就势随形，左弯右转，上翻下套，那一只只蝴蝶、蜻蜓、钟馗、嫦娥就初具形态了。父亲扎风筝从不用打谱，因为"胸中有丘壑"，所以往往一气呵成，从不废料。而我们往往只有目不转睛，羡慕的份了。父亲也从不保留，悉心将其中的技巧手把手地教给我们，可是由于天性驽笨，到现在只能扎几只简单不过的三角、八卦罢了。做好了骨架，再就是裱糊上色了。（现在的店铺出售的风筝一律是用套印了各种图案的绸子做的）拿张废旧的报纸，档次再高一点，就用过年糊窗户剩下的雪白的竹纸（一般舍不得为做一只风筝而专门花几角钱去买），蘸着面糊裱糊到骨架上，这还只是一个白面，只是形似而神无。因此，最让人心醉神迷的是着色了。父亲如一位丹青妙手，挥洒自如，各种风物形神毕肖。父亲笔下的蝴蝶，翩翩起舞，振翅欲飞；嫦娥广袖舒展，飘飘欲仙；钟馗则如金刚怒目，要跳将下来，惊得我们后退几步，心怦怦然。我们边看父亲描绘，边高兴地模仿蝴蝶飞舞，学嫦娥舒袖。涂完色，再用烤黄烟用的线（这种线又韧又轻，非常适合做风筝线），量好尺寸与角度，将线缠在自制的线轴上，一只成品风筝就做成了。别看最后一道工序简单，其实是最讲技巧的活了。线拴的角度不正，再漂亮的风筝要么飞不稳，要么只会扎猛子，粉身碎骨。

风筝做得了，便是和小伙伴们一试高下的时候了。看谁的风筝飞得最高，飞得最稳，做得最漂亮。而我们的往往是力拔头筹，技压群芳。看着自己的风筝在碧草蓝天上飞翔，我们的心儿也如乘奔御风，飘飘欲仙。

就是这一只只用力作骨架，情着色彩，爱为丝线的风筝伴我们度过了那一个个清贫但充实的童年，使我也如父亲扎制的风筝般骨骼强健，精神饱满，在岁月寂寥的风雨中，如一颗种子吸风饮露，灌浆成熟，长成一棵茁壮、健全的树。

我常常在夜里梦见自己就是父亲一手扎制的风筝，那厚实的关爱是张弛柔韧的丝线，宽阔的胸怀则是我飞翔的领空。

在每一个春风鼓荡的日子里，我都会分明地感觉到那温润如风，细密如雨的父爱眷顾我，沐浴我，滋润我，倾听我，鼓励我。有爱在，不觉孤独。

在今后的日子里，我会挺起胸膛如父亲扎制的风筝一样，骨架坚实，飞翔平稳，因为有父爱做我的筝线。

故乡·酒韵

"少小离家老大回，乡音不改鬓毛衰。"进入而立之年的我，如一片居无定所的飘叶终于又回到了自己出生的小城，那颗漂泊褶皱的心、在故乡的清风朗日、山情水韵下舒展、朗润。

十几岁就外出求学，然后寄居他乡，凭一身豪情只身闯荡，走过很长的路，趟过很深的河，但总有一条路走不完，有条河趟不过去，那就是家乡的路，家乡的河。每当在他乡的浓浓的夜的河里徜徉，那种无法言传的寂寥就浸泡着自己，只能独自啜饮。对月独酌，以苦佐酒，才知乡愁这杯酒最难饮。是啊，他乡的月再圆，也不如家乡的月圆；他乡的景再美，也不如家乡的景美。想家的感受就像一杯入肠的老白干，绵长、火烈、回味悠远。寂寥中独自斟上一杯酒，让心中那盘结的缱绻思念在杯中氤氲散开……

记忆最深的是小时候替父亲打酒了。说起来，自己如今爱上这口也多少受父辈的影响。那时虽然物质紧巴点，但是，不论逢年过节，还是亲朋远到，都很隆重，总要款待一番，东家一瓢面，西家一瓶油，日子总是过得紧紧巴巴的，但客不能慢待了。菜多菜少不打紧，只素无荤不计较，但不能没有酒。俗话说，无酒不成席嘛。从酸菜坛子里捞上一碗酸菜，从屋檐下泥盆里捞一碗鸡扎（农村腊月里常备的家常菜，将大白菜和自家的小笨鸡一锅蒸熟，然后捞出放到泥盆里，能吃上一腊月），也不嫌寒碜，只要有一瓶景芝老白干，那就酒满心诚，酒香飘起，酒浓情浓。而那打酒的任务便自然地落到我的身上。我便一手拎着酒瓶子，一手紧捏几张毛票，或者挎上一篮子地瓜干（那时，可以用地瓜干换散装酒），屁颠屁颠地奔向村中唯一的合作社，因为这趟差使不是白干的，通常要有点犒赏：几块水果糖、一包柿饼子。

酒香飘起来了，贴心的话儿便遛不住地抖出来。生活艰难，岁月易老，父辈们就是靠那口子酒劲儿和山旮旯上酸枣棵子一样的那股子韧劲儿，挥起臂膀，抡起拳头，推起手推车，一路平仄，一路悲歌地挺过来。如今，那橡子木做的手推车在岁月的浸泡中衰朽不堪，而车把上那浸透着父亲的血汗的被攥细了的手痕，依然风蚀不透，雨淋不透。父亲也变得腰弯了，背驼了，眼花了，鬓白了，黄土一把草没了，成了我今生无法淡去的痛。

喝了大半辈子景芝老白干的散酒，父亲喝惯了口，当我将第一次用自己的工资买来的精装景芝景阳春给父亲满满地斟上一杯时，父亲却倔强地说，这酒劲儿太绵了，我喝不来，以后别买这个，一斤景阳春能换好几斤老白干呢，还是给我打上几斤老白干吧。看着父亲喝下那杯酒后的幸福与满足，我分明地看到父亲那被岁月雕蚀的脸上悄然滑落的两行清泪。

最醇不过家乡酒，最亲不过家乡人。我又一次举起这杯浸泡过祖祖辈辈的无数苦难和岁月的家乡酒，连同清风明月故园亲情一同饮下，然后醉倒在乡愁中。

悠悠端午情

　　小时候，还没上学，我连粽子什么样都没见过。每到端午节，母亲总是动情地说，等咱的日子好了，就去打几把苇叶，给你们包几个粽子尝尝。那粽子啊，绿皮包白米，红枣里面藏。黏黏的，甜甜的，好吃着呢。母亲每次说的时候，眼睛总是望着远处或蓝天，眸子里春水涣涣，一片明媚，动情感人。仿佛她能望到将来天天吃上粽子的好日子。引得我们也生出好多玄想，如天上的云朵一样美丽缥缈。顿顿吃上粽子，那该是最美满的生活了。

　　姐姐长我好几岁，见识自然比我多，虽然我们一样没吃过粽子，但上了学的姐姐还是从课本上见过粽子的模样的。于是，放了学，姐便从菜园子里扯一把又大又长的葱叶子，说要给我们包粽子。我和弟弟馋猫一样地围在姐姐身旁，看姐姐用葱叶子给我们变粽子。只见姐姐一双灵巧的手左弯右转，不一会儿，就绕成一个个三角形的东西。姐姐得意地说，这就是粽子，现在我们来比赛吃粽子，看谁吃得像，吃得香。说着就有模有样地吃起来。我也跟着嚼起来，弟弟将信将疑地把葱叶子放到

134

嘴里，满脸不高兴地说，粽子就是葱味嘛，不香也不甜。而我却从此知道粽子就是三角形，三角形的就是粽子。虽然味道遥远而模糊。

春天来了，田野里野花野草竞相开放疯长，绿意葱茏。小伙伴们比赛看谁知道的野菜名字多，都抢着报菜名。而荠菜是我陌生的。我就问荠菜是什么样。那个叫铁蛋的小伙伴不仅见多识广，而且想象力丰富。荠菜嘛，就是那种开白花，花谢之后结小粽子的野菜。我忽然好感动，原来还有结粽子的野菜。于是我就根据荠菜的特征漫山遍野地找啊找，希望能找到结满一个个香喷喷的粽子的荠菜。可是从日午到日落，我也没找到那种结着粽子的荠菜。而我的菜篮子依旧空空如也，一棵菜也没拔到。暮色四合，村子里炊烟袅袅，浮起一阵阵饭香。我只好慢腾腾地挪回家。羊儿在羊圈里咩咩地叫，兔子见了我也上蹿下跳的。母亲见我空手而回，问明原因，气得举起笤帚，说我想粽子想疯了。我等着笤帚疙瘩落下来，可是我却从母亲那怅惘失落的眼里看到一片迷茫。

晚上，我做了一个梦，梦到我找到了那种结满粽子的菜。香香的，黏黏的，糯糯的白米红枣，吃得我满腮都是。那是有生以来我做的最美最美的一个梦。直到第二天，小伙伴告诉我荠菜的样子。原来那谢了花，结出三角形种子的就是荠菜，那一串串小扫帚一样的种子在风中招摇。让我感到失望，梦里的一切不再香甜。因为，我吃了一大把荠菜粽子一样的种子，只是尝出苦涩粗粝，连葱叶的味道也不如。

又快到端午节了，而用葱叶子包粽子的游戏我和弟弟玩够了，荠菜的种子距离粽子的味道也很远。姐姐说，我用苇叶给你们包真粽子吃吧。我不知道苇叶是什么，大概是长在南方的湖畔吧。姐姐说，没苇叶不要紧，苇叶其实就像我们地里的秫秫（即高粱）叶。我眼前立刻闪现出大片的秫秫棵，挥舞着柔曼的裙裾，也闻到了糯米的清香。我们从自家地里捋来大捆的秫秫叶，让母亲给我们包粽子。母亲苦笑着说，秫秫叶子是不能包粽子的，包来也是苦的，要用苇叶，就是芦苇荡里的芦苇叶。于是当晚我们姐弟三人就从河边采来大捆的苇叶，清清的，香香的，我们仿佛闻到了粽子的香味。我们想象着这些苇叶能包多少粽子，够我们吃多少顿啊。

第二天，等我们起来，却发现我们费力采来的苇叶已被母亲当了羊草，喂了羊。弟弟哭着闹着要包粽子，吃粽子。我们从母亲的眼神里知道，只有粽叶没有糯米是包不出粽子的。

从地里忙完活回来的父亲看到我们姐弟眼巴巴地站着，知道这个端午的粽子又成了天边云彩。父亲连汗都没顾得擦一把，双腿上还沾满泥巴，咬一咬牙，从那个经常锁着不动的三斗橱里拿出几张皱巴巴的毛票，头也不回地出去了。母亲在后面喊，欠人家猪仔的钱什么时候还？

靠晌时候，一身疲惫的父亲回来了。满脸的激动，看我给你们带什么来了。说着打开纸包，几个还热气腾腾圆鼓鼓绿莹莹的粽子摆在我们面前。每人一个。粽子的香气让我记住了端午的味道，香香的，甜甜的，糯糯的，将原先所有的记忆都复活了，那是我一生也无法忘记的味道。

后来日子渐渐的好了，母亲补偿似的每到端午就给我们包粽子。让弟弟去扯大捆的苇叶，泡好一大盆香米和红枣，要包半夜的粽子。蒸粽子时，苇叶的清香，糯米的糯香，熏蒸着厨房、院子，飘到我们的梦里，氤氲着我们的梦境，久久难以弥散。

等我们个个都成家立业，没时间陪母亲包粽子了，母亲还是早早地在端午这天为我们姐弟三人送来热气腾腾的粽子。我们怕母亲受累，说粽子城里到处都有卖的，多买些就是。母亲认真地说，端午节，娘看女儿是天经地义的，粽子还是娘包的好，既实惠又好吃。老祖宗留下的礼仪不能丢。我们说不过母亲，只好由着她高兴地去做。年年如此，年年端午都吃母亲包的糯米粽。

后来，母亲离我们而去，我们的日子如同秋后收割完的庄稼地，一下子闪下大片的空芜，原先的记忆支离破碎，无法填充，无法补缀。而每到端午，想着母亲年年为我们包粽子，送粽子的日子竟是那么珍贵留恋。而吃不到母亲包的端午粽子，日子重又苦涩滞重。内心里春风不至，荒草丛生。因为粽子串联起的不仅是由苦涩到甜蜜的美好日子，更是那份割舍不断的浓浓的亲情。

在一个个逝去的端午节里，母亲包的粽子，如泉水一样濡养了我们的骨肉血脉，强健了我们的精神体魄，让我们在亲情的浸泡下如麦子一般沐雨而生，拔节而长，青葱茂密，丰收在望。成为最美好的回忆。

最吃不够的是母亲包的端午粽，最忘不了的是比山高比海深的眷眷慈母情。

牵牛花的情怀

小时候，喜欢紫色的牵牛花。放学路上，打草的途中，有牵牛花酽酽地开着，寂寞寥落，点缀了一片青绿，醒目而热闹。开在人家篱笆上或者丛生的杂草里。从六月到十月，朝开暮谢，如灯盏一样点亮了夏末秋初的一个个纷繁日子，野性率真而又充实。

那时大人们总是训诫：小孩子要好好读书，方有前途，才能大红大紫，腾达兴旺。幼学启蒙里也告诫：少儿需勤学，文章科立身。满朝朱紫贵，尽是读书人。不知是那些话语还是孩子的天性使然，总喜欢这种大红大紫的色彩。虽然也有清雅的淡淡地开着的蓝色的牵牛花，如诡异的眼睛闪着熠熠的光，我们都很少关注。采来紫色的牵牛花，轻轻在手里揉搓，花冠憔损，紫浆浓艳。男孩子互相戏谑着涂抹到别人脸上、额上，涂得一塌糊涂；女孩们则文静得多，用来染指甲，涂嘴唇，比着谁好看，然后款步轻摇，细柳扶风般如新娘出闺，让我们这些傻小子们看得一愣一愣的。然而是不能带妆回家的，那是要挨骂的，在土坷垃里讨生活的父母们看来，那是穷作践。然而这挡不住我们偷着乐，因为在孩子们看来，总有比填饱肚子之外还芬芳的事。

野生的牵牛花，花朵比较小，只有酒盅大。花色除了乡间常见的紫色外就是蓝色，后来还见白色玫瑰红的，只是在城里的花圃中。很是惊叹柔弱如彼的牵牛，竟也能繁衍出如此绚丽的色彩，真是一副天生的风流肚肠。再后来读郁达夫的《故都的秋》，他说自己喜欢蓝色的牵牛花，很是惊异。大概是颠沛流离的身世，故国风雨飘摇的颓境，无从让他欣赏那些红紫的妖娆，只有蓝色能抚慰一下受伤的心。所以，蓝色是适合思考，能够让人冷静下来的颜色。

后来看到一种更惊艳的大花牵牛，直径可达十厘米之多，在日本叫朝颜。碗口大小的花朵，边缘镶一道白边，与里面五角形的花蕊相映衬，妖冶而忧伤，让人看得惊心动魄。这么大的花就这么怔怔地开着，总像欲说还休的忧伤，让人感泣，不忍打断。

老屋在父亲走后就荒芜了，容不下落脚的地方。所以回家的第一件事就是将满院子里的草拔净。我知道，自己所做的事也许是无助的，因为草会在我离开之后重新占领每一寸土壤，连同水泥地上的裂缝都占领着，长得张狂恣肆，但我仍然这样做着。我不能容忍老屋也一天天老下去。一个被草湮没了脚印的院子只能让人生出无尽的荒凉，我知道自己无法挡住岁月的流水，一切如春荣秋枯，无可挽回。

而牵牛花是个例外。牵牛花其实是花也是草，我却独独留下了那攀缘在柱子上的牵牛花。能一推门看到灿烂的牵牛花开，会让我感到老屋往日的温暖。有了它，院子里多了些许亮色。草是自己来的，不请自到；而牵牛花则如父亲留下的嘱咐，让我常常看得泪流满面。

一生俭朴，不苟言笑的父亲竟也如此心生怜意，让大红大紫的花儿装点院子。而我原先是多么的不屑于父亲的土气寒酸。我其实一直都没有读懂父亲的心，暖暖的，一如盛开在乡间阡陌的卑微而自然的牵牛花。

在牵牛花里延续的其实还有红火、真实和对美好的向往。父亲把心里话说给了牵牛花，看儿子后来能不能读得懂。

秋风又起了，牵牛花开得还好吗？我知道那里面一定藏着父亲的眷顾，藏着对儿女灿烂如花的祝福。

落　叶

张爱玲说，戏里只能有正旦、贴旦、小旦之分，而不应当有悲旦、风骚旦。这与我对树木落叶的看法暗合的。诗书典籍里的那些"自古逢秋悲寂寥"的言说，只能是过多地打上了个人的印记，将自己的愁思悲情硬派给落叶，有强人所难之嫌。秋叶飘落无论于视觉还是听觉都应是一场舞剧盛宴，一场华美交响。

当秋风带着远方的讯息飘过树梢，一场大自然陆离宏大的多幕剧便开始上演了。没有主配角之分，每棵树都是主角。

而不同的树落叶是不一样的。有的如老妇唠嗑，絮絮叨叨，拖沓冗长；有的如大家闺秀出阁，娇喘咻咻，弱不禁风；有的则如壮汉行路，招摇过市，吆三喝四，把地面窗户震得山响。吵吵嚷嚷的，似要将这世上的不平也一齐打抱了去。

槐树榆树枣树柿子树的叶子落得快，叶片还未全都变黄，一阵秋风就足以荡尽整棵树的叶子，望秋先陨的就是它们。柿子树叶经了霜，下面的叶子还绿着，树梢的就已偷绿转黄，一半红黄，一半深绿，如脂粉未匀，但也好看。等到树顶的叶子掉尽了，底下的还酽酽地绿着，如先秃了顶的未老先衰之人，滑稽可笑。待到叶子全落净，剩下通红的柿子在枝头，如炉火，如灯笼，如温暖的呵护，那热闹的颜色，使人觉得天又暖了起来。哎，落叶们，着什么急啊。

系出同门的杨树桦树，虽是兄弟，但一个是灰头土脸，老实巴交的庄稼汉，无论生在乡下还是城里，都不改其土气；而桦树则华冠丽服，温文尔雅，一身书卷气。杨树扛不住寒气，叶子落得快，秋风刚刚传话，它们就如正聊天的村妇，叽叽喳喳，一下子想起饭还未做，孩子还在饿着，就没了聊天的兴致，风风火火地各忙各的去了。而桦树则经霜不凋，叶子绿得依旧如翡翠，直到寒风摧树木，严霜结庭兰，方落尽。

公园里，柳树落叶也晚。与其说是落尽的，不如说是冻掉的。不到零下几度，不到冰剑如戟，就一直瑟瑟地绿着，耐着性子，仿佛能够过冬。而一阵强风寒，温度骤降，被冻干的叶子，一下子冻干失水，有时叶子挂着积雪，依然能挂好几天。柳树是恋秋的。

梧桐敌不过秋霜，往往在寒雨之夜或下霜的凌晨，人早已入梦或将醒未醒时分，大片的叶子如累积的盛年心事，倾泻而下，劝都劝不住，全落尽了，只剩下光秃秃的枝丫，让第二天醒来的人感到空落落的，不适应。因此，觉得只有梧叶落含有些悲情在里面。"梧桐更兼细雨，到黄昏，点点滴滴。这次第，怎一个愁字了得！"国亡家痛，身世家愁，在风雨之夜，让李易安感到流年之痛。因此，梧桐很有传统文化里的惺惺相惜之感。

法桐则没有这种感受。浓绿硕大的叶子待到由黄转绿的时候，从树底下往上看，却很能让人浮想联翩。这黄色是浪漫沉稳的。它是枫丹白露的灵光片羽，还是浪漫女神的深情眷顾？这都源于她名叫法国梧桐吧。其实法国梧桐应叫作伦敦梧桐的，看安妮宝贝的《童年与树》上讲，它其实是在英国培育，只因为从上海的法租界开始种植，便改名易姓，如女子嫁夫随夫了。它的学名其实叫三球悬铃木的，一个很乏味的名字，与浪漫不沾边。

女贞是经冬不凋的，这让看惯了萧瑟荒芜寒冬的北方人感到有点诧异，毕竟冬天也是有绿意的，除了老气横秋的松柏。这很让人另眼相看。她很有松柏的高洁，此外又有着别的树高不可及的精神气在里面。绿色不改就是恪守妇道，名如其物，女贞的名字看来没有取错的。那些早凋的树会有什么感想呢，大概没人知道的，毕竟时代换了，在其他树看来，女贞又有点迂腐，是不是啊？

于萧疏的深秋，秋叶其实是足观足感的。在落叶纷纷的林莽间行走的旅人，心事清瘿。"天地不仁，以万物为刍狗。"（老子语）大自然的法则是不能逾越的。有"删繁就简三秋树"，才有"标新立异二月花"。天地不仁，实际上是平等博爱的。当生的则生，该灭的即灭，一切由自然的法则公断。其实这样，让万物以素洁之身去迎接风刀霜剑的严冬，是与万物相亲的。只有身无附碍，方能无所畏惧，挨过严冬。这一点，树比人想得开。人总是用欲念来营巢，拿名利来取暖，结果却是可想而知的。心灵的翅膀过于沉重了，怎能展翅高举。

不与夏虫语寒，不与曲人语道。这句话是淮南王刘安说的。想想贵为王侯的刘安，常人一定以为除了饱食终日，花天酒地，一定是无忧无虑的。其实，想一想，高祖麾下有多少功臣名将，同姓王异姓王，在政治的煎锅里身首异处，惶惶不可终日。封建王权的机器一旦运转起来，容不得任何不协调的音符。对异己的讨伐，就好比自然界的秋风扫落叶一样，没有亲疏情理在里面。醉心方术，痴迷丹药的淮南王可以让君王安心了。虽然没有炼出丹药，长生不老，谁不知道醉翁之意是不在酒的。据说刘安因此无意中发明了豆腐之方，却是可以极口腹之欲的，可以致福的。刘安因此能颐养天年，卒保终身了。

秋叶落尽，一下子高远了，让人可以滤去遮蔽的树叶看一看蒙蔽了很久的天空，大都能想出些什么的。树都想透了，人还有什么想不开的呢？

怀念雪

望着被西风打扫得干干净净的天空，女儿双手合十，虔诚地问我，爸爸，如果我数上一万次"下雪吧"，就一定会下雪了吧。没等我回答，女儿就闭上眼，默默地念着：下雪吧，下雪吧。那执着的样子是不容我打断的。就连她晚上的睡相也是双唇翕动，面带微笑。我想女儿一定是做了一个白雪飘飞的梦。雪的覆盖让她能够安眠稳睡。

雪是世界上最辽阔，最庄严，最富有诗意和最具神性的覆盖物。她使人联想到美丽、快乐、福祉、安稳等宗教意味很浓的词汇。

也许是因为自己的名字或者是更深一层的原因，女儿似乎特别热衷于复述那个隆重的场景：雪花飞舞，玉宇澄清，大地洁白，生命于斯降生。是十年前那场盛大的白雪浴血般的降临，唤起了她初始的生命意识：妊娠的胎动，分娩的剧痛，新生的啼哭，都烙上了雪的胎记，这个将伴随女儿终生的生命之印，如此让她痴迷、怀念。

雪花的飞舞照亮了我们的童年的冬天。那时，一个冬天可以下好几场雪，下得惊心动魄，感天动地。洁白的雪泯灭了天地的界限，覆盖了村庄、河流和大地上的所有的痕迹，让天地更加辽阔壮美。母亲们亲手做的粗布棉衣和父亲们手工编制的棉草鞋素朴而温暖。穿着这样的臃肿的衣服，我们堆雪球、打雪仗，让笑声和雪花填塞着整个的天地。大人们也会和孩子们堆起一个个大大的雪人，用两颗红山楂做眼睛，用一只红辣椒做鼻子，用红春联给她涂上艳艳的口红。雪人便会陪伴我们一个冬天。从入冬到雪尽，接福迎祥，守住一份现世的宁静与幸福。满天飞舞的雪花让囊中羞涩的青年变成倜傥风流的白马王子，陪伴着羞涩的村姑扮演的白雪公主，遨游在天鹅湖畔。冬天让一切变得诗意盎然。

有雪的冬天是村子不老的童年。

记得上小学时，班上一个清秀瘦弱的女孩，就像一棵弱不禁风的绿豆芽。一次，老师让大家用雪花造一个比喻句。女孩说，夜里，我家的院子里下了满满的一地白糖。她的回答让所有的人哄堂大笑，在当时被老师评价为缺乏诗意，简直就是异想天开。因为那时的白糖是凭票供应的奢侈品，如同香油一般贵重的。而能拥有像雪花一样的吃不尽的白糖，那简直是无比幸福的事情，用浓浓的甜来调剂只有苦和咸组成的生活，是所有人的梦想。而全体同学的大笑，让她羞愧地趴在课桌上呜呜直哭，不久就便因为贫困而辍学了。

其实，现在看来，用白糖比喻雪花是一个多么甜蜜美妙的比喻啊。虽然不够形似，但能将雪花变成白糖，或者是棉花，或者更多洁白美好的东西，那是足以温暖我们一冬的梦想。

如今，雪少了，即使你引颈翘望，也望不见雪花的影子。我们的雪花哪儿去了？我们的童年哪儿去了？我们把它丢失在寻梦的路上了。当我们拥有了吃不完的白糖，用不完的棉花后，我们也发现，那足以覆盖我们一冬的雪花却再也没有了踪迹。

现场拍摄的电影场景中，虽然照样白雪皑皑，大雪飘飞，但一看就是假的。阿城在《威尼斯日记》中讲到自己制造假雪的经验，让纸屑如雪花一般飘落的技巧是：先抻松整张白纸，然后再轻轻拉成小片，这样纸屑可以透过一些空气，会像真的雪那样飘动，而不是垂直落下。其实，再真的假雪也骗不了我们的眼睛，因为雪是有温度和湿度的，是有感情的。她能让我们的眼睛和心灵温润，莹亮，温暖；而不是干涩，苍白，荒芜。

没有雪的冬天，我们只能靠反刍记忆和童话取暖。

没有雪落的村庄，显得更加苍凉瘦弱。河流干涸，山梁艰涩，失去了往日的丰腴与灵动。

读到安徒生的《卖火柴的小女孩》，女儿说，那个划着火柴升入天堂的小女孩其实也很幸福的。女儿的话让我迷惘，我知道这是衣食无忧的孩子的嗔语。那个靠火柴取暖照明的小女孩其实更希望圣诞之夜落下的是棉花，白糖，或者是烤鹅和香肠。现实是童话的悖反，生活是以消解诗意为代价的，正如拥有了棉花的温暖却失去了雪的洁白；拥有了繁华的市区却没有了皎洁的星光；拥有了奔驰的车轮却失去了近处的风景，翱翔的翅膀。我们不断地获得，不断地失去；在失去和获得之间，其实，我们还是普希金笔下的那个依旧守着一所破旧的草棚和木盆的老渔夫和老太婆。

现实让童话远离生活。

现在，偶尔的雪落，如牛毛、细丝、花针，诗意变成了失意。我们体会到上天的敷衍，体会到真正的"地老天荒"。

是谁让我们失去了那片空灵飘逸的翅膀，沦落为现世中背负沉重螺壳前行的蜗牛？

六出冰花、粉妆玉砌、玉树琼枝、银装素裹……这些跟雪有关的诗意的词汇都成了展览馆里失水干涩的标本和摆设。没有雪花飘飞的冬天，再美的词汇也显得苍白贫乏。我们失去了雪，以及一些与雪有关的东西，包括纯洁、诗意、忠诚、灵性和神秘感……

冬日老去，我们拥有的将只能是一个残缺的生命年轮。

与湖有关的思索

青云湖是一个人工湖。"人工"亦即不是先天就有的，而是后来形成之意。

如同一个婴儿的降生，青云湖的诞生是伴着阵痛的。因为不是顺产，而是从母腹上拉开一道生命的拉链，将生命从中孵化。青云湖的诞生是以珠玉般的河沙从汶河的身上挖走为代价的。

为此，每当走在她身边，我常常感到一种切肤之痛。让我受伤，也让我珍惜，我从中体会到了生命诞生的阵痛。

自从在这座小城安家筑巢，青云湖便成了我经常光顾的地方。不管是晨曦微露，还是微雨黄昏，我常静坐在湖边倾听她的喘息，感受她肌肤的馥郁芬芳。常常就这么坐着，在氤氲的水汽中我感到自己成为一株湖边的水草。

"一个湖是风景中最美、最有表情的姿容。它是大地的眼睛，望着它的人可以测出他自己的天性的深浅。"梭罗是真正地读懂了湖，读懂了瓦尔登湖。因此，瓦尔登湖就成了他思想的巢穴，精神的禅床。他让瓦尔登湖声名远播。梭罗成就了瓦尔登湖，瓦尔登湖也成就了梭罗。瓦尔登湖的湖水成了浇灌梭罗思想的灵泉，浇灌出这位西方的大哲。然而伴着这些，也让现代文明的斧锯声开始响彻瓦尔登湖畔的森林上空，让湖水闻到一种杀伐的窒息。

这是瓦尔登湖之幸，之痛？

而青云湖的命运轨迹与瓦尔登湖不同，青云湖是在疼痛中伴着现代文明的掘进降生。

疼痛成就了两种命运，一个向着寂灭，一个向着新生。这足以让所有的生者迷惑。如同生和痛相伴相生，血和肉筋脉相连一样。不走向此就走向彼。

青云湖诞生了，我也来了。这其中没有什么偶然，也没有什么必然。

漫漶的雨季让青云湖从春天纤腰束素般的少女长成丰姿绰约的少妇。一块温润的碧玉落在了小城之北。一桥横架南北，是湖水蛾眉上的玉饰，车马喧腾应和着珠玉泠然。翩然飞舞的水鸟振翅翔集，戏水于湖面，那一定是临风飘举的金钗了。微风时至，青云湖如出浴的美女款步轻摇，淡施粉朱。粼粼的水波就是她的顾盼神生啊。湖中心的小岛林木翁郁，笙箫玉管，泛波而来。飞檐斗拱乍隐又现，让人心旌摇荡，神思飘举。湖南岸绿柳绕堤，枝叶扶疏，织成她额头的刘海，香腮的云鬓。树下是理想的休憩之所，倚石可垂钓，促膝能长谈；掬水以濯面，纵目来抒怀。青云湖能让人静下心来，想一些身外之事，听一听更远处的声音。

湖边水草丛生，游鱼碎石历历在目。修长的水草如水中的妖姬，在风中招摇着曼妙的身姿。我的眼光跟着她的身影在风中陷落，难以自拔。远处芙蓉出水，冰清玉洁，清香沁人，让人迷失。

东北角是一片浩瀚的苇荡。

好大的一片苇荡啊。未至其前，心已染绿。

苇叶是纤纤的玉手，挑拨着风的琴弦；芦花是飘逸的魂魄，飞动着迷离的舞姿。

苇荡从浅绿到墨绿到鹅黄到枯黄，演绎着生命荣枯盛衰，生生发发，不息不止。一场生的舞宴翩然开幕谢幕，谢幕开幕。从喧哗躁动到万籁归一。

帕斯卡尔将人比作是会思想的芦苇，然而，人只有一季的荣枯，而芦苇却有无尽的盛衰。人其实还不如一枝秀出于风的芦苇。人只是一枝脆弱的苇草。

物理学家将地球、宇宙看作一个硕大的引力场，我们只是这个场中的微末的铁屑。而湖水也应该是一个生命场，它吞吐一切，鉴照万类，又洞悉一切。凝视湖水便是凝视内心，荡漾着同样的波澜。喜怒哀乐是潮涌潮落；静思谛视是心无涟漪。

风清日朗里，常常是坐在湖边，安静得如眼前的湖水，一坐就是半天。看着湖水倒映天空，天空涵盖湖水。我不知哪一个是更真实的湖面。如同自身和影子，叶面和叶背。天空是更大的湖面，我感到她不仅涵盖了自己的现在，更涵盖了自己的前世和今生。我们其实永远也走不出她的覆盖。

人们常把邂逅当作偶然，这就如同我的离开与我的到来。告别儿时嬉游的那条河水，我从上游顺流而下，从家乡来到如今的小城，与青云湖相遇，其实就像从屋前来到屋后一样，我还在她的周围，并没有离开过。那方河水虽然换了容颜，却也从未改变。所以，当驽钝的我在一次次地审视后才发现，小时候的河水其实一直在庇佑着我，从过去到现在和将来。我从未走出过她的流域范围。她在很久以前就已经为我划定了生命的走向，早已为我的生命之树绘制了不变的图谱。我需要做的只是从她的上游来到下游。

我已步如人生的中年，河流的旱涝，四季的荣枯也早已带入我生命的年轮。依靠着青云湖水，我愿永远沐浴在她绵密柔情的灌溉里。

千年书院

书院，是公冶长书院。

千年而下，风雨离披，几经兴替，而今依然默默地肃立在安丘城南城顶山的南坡。

樱花谢了，樱桃红了；白果树的叶子黄了，复又绿了。就是在这片古老的土地上，无尽的岁月演绎着不变的轮回：岁月易老，山河永固。

似乎是为了冥冥中的约定，两千年后的今天，我们在一个春日里相遇。

从山脚下，我向着山顶攀登。春阳乍暖，芳草萋萋，松林如海，阳光如瀑，作千年不变的照射。作为一个懵懂浅陋的后来者，如侍经伴读的童子，沐浴斋戒，摒却尘杂后，我向它走去。怀揣一片虔诚，敬呈一颗诚心，在去向万古的山峦中，一次仰望的经历，在没有踏进她的府第之际，身心就已经战栗了。

相传书院是孔子的门生又是高婿的公冶长晚年读书讲学的地方。公冶长出身贫寒，聪慧颖达，躬耕畎亩，勤于稼穑。后拜孔子为师，精研六艺，并跟随孔子从游列国，刻苦勤学，忠厚让忍。司马迁在《史记·仲尼弟子列传》中共记孔子弟子"受业身通者"七十七人，公冶长位列于前，德业佼佼。如今，昔人已去，空余山峦巍峨，作亘古地俯视。山间千年的松涛阵阵，在山谷回荡，依然让后来者心潮澎湃。

未到山顶，先看到的便是那两棵伟硕的白果树，耸立在半山腰。这是怎样的两棵巨树啊，我的目光跌跌撞撞，心仪神往，未至其前，心已经拜倒在它的脚下。两棵树树干如擎天巨柱，托举起碧绿的树冠，荫庇着大半个山坡。树干粗大，六七人方能合抱。抚摸那嶙峋的树干、铠甲般的树皮，它们抵挡过多少风侵雨袭和雷辊电击啊。将耳俯于树身，轻轻敲打，铮铮作响，金声玉应。这是历尽千年修炼才修得的锦心慧质啊。树冠高几十丈余，虬枝盘旋，枝叶交叠，葳蕤峥嵘。我凝望那一碧如洗的绿叶，如张开的小扇在风中舞动，鲜润莹绿，浓翠欲滴。在阳光下翩然起舞，如满树的飞蝶，欲挣脱树梢，飞向天际。

相传这两棵树是公冶长亲手所植，至今已经历尽二十多个世纪的风雨。它阅尽了春秋的风云变幻，沐浴了汉风唐韵的盛世雄风，目睹了近代饱受蹂躏的沧桑剧痛，站立到今天，成为一部鲜活的历史。它的每一片树叶，每一丝经络，每一圈年轮都将民族的盛衰兴替刻进肌理，融进血脉。我明白了它从容凝重的原因了：一个抚历史于须臾，览万物于恒常的巨树，还有什么能让它躁动漂浮呢？因为它已经植根于大地，植根于华夏文明的深厚土壤里。

树下，游人如织。或小憩树下，或合影留念。修葺一新的书院故居，香雾缭绕，祥瑞宁静。苍松巨柏环拥其中，山泉流水，泠泠作响。清风吹过山顶，松涛轰鸣，作海的喧哗。这里远离市区，清新幽静，没有市声的喧哗，尘世的芜杂，只有清风朗月为伴，空山鸟语为邻，好一处世外桃源人间仙境。

抬头间，一只俊秀的小鸟在枝叶间跳跃、啼叫，声音婉转清越。这只鸟是否还是那只与公冶长对话的鸟？只是从历史的窗口又翩然飞来。

传说公冶长擅长鸟语，能跟百鸟对话。一次，外敌入侵，飞鸟传信：公冶长，公冶长，外敌侵我疆，赶快报君王。公冶长将军情及时上报，打退了敌军。国君因此而器重他，让他出仕奉君，但公冶长无意仕途，婉言拒绝，归隐山林，终身不仕。

"今人不见古时月，今月曾经照古人。"岁月的轮回，时序的更迭，淘尽的只是芜杂，而留下是对美好的追求与向往。当初，公冶长隐逸山林，潜心治学，教化一方，正是想用温柔敦厚的儒家思想消弭战火，乞得天下安宁，人民乐业。今天，斯人已逝，空余山谷回响，但其思想却如这万古长青的银杏树一样，虽经风沐雨，历久弥新，在光风霁月中赓续承传。

为一棵树让路

在一个因风筝而闻名的现代城市，我穿过滚滚车流和凛冽的寒风，去往东风街路南的新华书店。不远处一棵矫首挺立的大树横立在马路中央，让我止步。

这棵树树冠庞大，足以覆盖整个的路面，将两侧的车道揽入怀中。树干几个大人才能合抱，这株树树龄足有百年了。

这条市内的干线纵贯东西，车流高峰时，不远处十字路口的红灯足以拦下几百米的车流。而它就立在右侧车道的中间，摆出一副凛然不可侵犯的姿态，让所有车辆乖乖绕行。树根部醒目的钢筋支架稳稳地保护着它的身子，荧光标志在夜间也足以提醒车辆注意。我看到钢筋支架完好如初。大树怡然自得。

现代城市文明以几何级数的速度扩张，侵吞着广袤的农田、绿地、森林，现代文明的斧锯杀伐之声所向披靡。在人类经营的城市水泥森林里，自然界的弱肉强食法则同样是不二的定律，不变的圭臬。我也走过天南海北的许多冠以优秀旅游胜地的城市，笔直平坦的大道，从别处挪移来的大树仪仗般排列着，构成僵硬的风景：整饬、洁净、宽阔，但千篇一律的面目，带来的更多的是视觉审美的疲劳。实用与自然在这里成为冰火云泥。

就是在时尚现代的典范的纽约，炫目的招牌，闪烁的霓虹灯，尼克斯队球员的巨幅海报，嬉皮士风格的装饰并不是其主要风格，纽约这个最年轻的城市还保留了世界上最古老的森林。麦迪逊广场花园就坐落在这样一个森林里，一切的一切，让人感受着麦迪逊的风格，体味着纽约的独特。学校、工厂、体育场、高尔夫球场、居民区花园、墓地旁还保留着大片的自然林木、野草的空地和飘摇着芦苇的湿地。

莫斯科的绿色也是举世闻名。在现代化的高楼大厦之间，在并不紧密相连的城市小区之间，全是树林。而且相当多的地段是原始森林。如果身临其境，很多人或许会惊讶不已，在人们印象中，远离城市的原始森林怎么会这样成片地生长在莫斯科城区里呢？郁郁葱葱、遮天蔽日的城市森林，像一位胸怀博大的母亲，把城镇街道全都拥在自己的怀抱中。莫斯科——庞大的国际都市，就是这样一个绿色之都。

而其实我们也是不缺少森林树木的，只是看重的更多的是与森林无关的东西，譬如高大的木材及寸土寸金的土地。

能为一棵树让路的城市，带给我的却是长久的感动。因为它牵连着平和、慈悲、目光远大等品质。诺贝尔和平奖获得者史怀哲甚至将珍惜植物的生命定义为仁慈。这是多么宽广的胸怀啊。和平不仅是人类社会的追求，也是自然界的最高境界。能将仁慈施与植物的人，我觉得史怀哲更是真正的自然和平奖获得者。

读当代散文家周涛的一篇写大树的文章，文中写道：如果你的生活中周围没有伟人、高贵的人和富有智慧的人怎么办？请不要变得麻木，不要随波逐流，不要放弃向生活学习的机会。因为至少在你生活的周围还有树，特别是大树，它会教会你许多东西。一棵大树，那就是人的亲人和老师，而且也可以毫不夸张地说，它就是伟大、高贵和智慧。

周涛真正读懂了大树。可是我轻声地向他发问，如果生活中没有大树，那怎么办？我想周涛一定会哑然甚至义愤填膺地拂袖而去。因为那样，我们将与伟大、高贵和智慧相距很远了。

当然读懂树的还有米兰·昆德拉，因为他说了句：人是一棵长满可能性的树。以此为喻只是说明了人发展的不确定性，人可以长成一株参天的乔木，也可能长成一蓬低矮的灌木，甚至是匍匐在地的荆棘。

但相同的结果是我们要与大树为伴。

所以，能为一棵树让路的人，就是为自己修路的人。我们应该对他心怀感念的。

菊径，在时间深处静静绽放

像栖落在山坳里静静绽放的一朵菊花，独自开在静水深流的时间深处。如果没有尘世的熙攘和喧扰，谁都会相信她就会这样永远地开下去，与周围的山，环绕的水，相伴到永恒。山是她的襁褓般的花萼，水是她柔和光灿的花瓣，而居于其中的那些与时间保持着一个色调的屋舍，就是她的花蕊。不惊艳，但足够动人；不妖娆，但一样芬芳。

这就是地处江西上饶市婺源县古坦乡的菊径。

最为一个外来的闯入者，观光客，菊径从任何一个角度去看都是能入画的。粉墙黛瓦，飞檐翘角，山环水绕，小桥流水。菊径如一阕宋词，清新婉约，简朴明丽；如晨曦朝露般在一片绿叶上晶莹剔透，楚楚动人；又如一只青花瓷盘，质感光洁，含蓄内敛，盛纳着安稳的烟火人生。时光的打磨只会加强她的厚重光彩，洗去尘芜和火气。她如浴火的莲花静立在清风朗日下。墙角里丛丛簇簇娇羞欲语欲拒还迎的夹竹桃，开了又谢，谢了复开；几竿俊逸挺拔，风日洒然的凤尾竹，在日光月色下筛出万点斑驳的倩影。这些都足以让每一个刚从熙熙攘攘的闹市街衢里走来

156

的身心俱疲的行者感到从未有过的放松。

在这里，你不必急于赶路，你只需放下行囊，放轻脚步，让灵魂跟上自己的步子。静静地呼吸，品味，让每一缕质地饱满的阳光来照亮苍茫的眼神，让拂过山涧、稻穗、树叶的清风抚平内心的褶皱。在这里，你才能感受到自己的心跳呼吸，在这面光洁的镜子里照出真正的自己。

"水绕山环松影伴，风吹菊挺径香存。来龙岭翠枫霞映，过客犹怜残韵痕。"这首题写在菊径何氏宗祠的七绝，可以说概括了菊径的全部神韵。婺源人将风水文化与儒家思想巧妙融合，依山傍水有山有水的菊径就既有来龙也有去脉了。

山让菊径多了几分典雅，水则让菊径添了几多灵动。一条小河呈大半圆形，将菊径揽入怀中，如抚爱自己的婴孩，任她娇喘咻咻，憨态可掬。河内侧的小路是圈饶菊径的脐带，连着所有的炊烟与牛哞；河外侧的柏油路则是联系菊径与外界的神经中枢，连着好奇的眼睛和步子。菊径就这样巧妙地用一条小河将自己与外界隔而未隔，界而未界。旅游大巴，观光团队，只能停靠在她的外侧。要进入她，你得放下架子，放轻脚步，撇下所有的物欲与纷扰，从"太平桥"（菊径河面上的小桥）上悬着一颗心颤颤悠悠地走过去，从现世的时光这边向幽眇的时光那边，去接近她。菊径欲拒还迎，排而不斥。她离我们很远又很近。耀眼又不炫目，让人感到可亲可近。

河水是她飘逸的裙裾，是她裙裾上泠然作响的环佩。日里从大山深处的劳作归来的菊径人，可以将一身的疲惫尘埃在这河水里涤荡而去。日常的洗洗涮涮，可以随便汲取清冷冷的河水，洗去日里的烟火尘埃。水常流常清，就像这绵绵不竭的日子，浆浆水水地填充着每个日升日落，月圆月缺。静夜里，近水的屋舍里是可以借着月光看得见波光粼粼的波浪如万尾银鱼浮光跃金，银光闪闪。借着清风，借着月色，可以将潺潺的水声蛙鸣，传入每个梦中人梦乡的深处，给以更温柔更深沉的抚慰。

河水从更宏远之处潺湲而下，一路成韵，流成一曲最生动的田园牧歌，永葆年轻。

村里的房屋是典型的徽派建筑。白墙黛瓦，燕尾高翘，远望俯瞰之下犹如一架架高低错落黑白相间的巨大琴键。雨落窗棂，风过檐角，正奏响着一曲天籁之音。而每个能在日里梦里沐浴此声的人是有福的了。

两花马头墙，三花马头墙上的跃鱼和飞龙冲天而起，没有江浙盐商屋宇的奢靡张扬，那里一律把马头墙也修成"五岳朝天"的五花马头墙。而在菊径则是心平气和的。但"鲤鱼跳龙门"的喜庆吉祥一样如贞静的种子，种在了耕读世家的平常百姓心中。没有流金溢彩金碧辉煌的奢华，喧阗，尘渣不染的洁白与深厚的黛青与这片庸常平淡的日子契合得相得益彰。浮华的琉璃朱红其实是抵不住岁月的风刀霜剑的，而只有这粉墙黛瓦能保持自己亘古不变的底色。让先辈修建的房屋站在沧桑岁月里。

门罩、窗楣、照壁上镶嵌着花鸟与八宝博古，家具隔扇上是渔樵耕读，宴饮乐舞，在烟火与时光的熏染下，更显厚重，日里劳作，睡香梦甜时都能回味的图景。成为生活的一部分，生命的一部分。忠厚传家，诗书继世，是画上的人生，也是俗常的日子。

镜头前羞赧的小囡，在门楣几凳上拘谨地站着，闪光灯的刺眼让她感到不适，比不上屋外的阳光与激泼的水波动人。镜头把她圈成一只胆战心惊的小鹿，如同陌生者的我要将她掠走一般惊悚。门两侧是褪了色的喜联，"嫁女喜逢腾飞时代，送亲正遇大好时光"，平常的话语，如嘱托，如暖阳，让书写者、阅读者都心生感激。依然笼罩着一方贞静安定的日子。操劳的大婶将一匾晾晒好的火红的辣椒收拢起来，用它来作为火红的药引，来发酵引燃更醇厚美好的生活吧，要不，她额头的皱纹怎么绽放如花呢？

青山与碧水，祠堂与廊桥，共同呵护厮守着这个浑然天成的最圆的村庄，让她福泰康宁，静静地绽放在时间之处。走出菊径村，我似乎对圆这个概念有了更深刻的理解，圆是什么，它应是饱满，和谐，是知足自守，是心远地宽。是看在眼里，更印在心里的最美最简洁的图案。

青紫色的烟霭升腾起来了，笼罩在村头、河畔、丛林，该是菊径人收工晚炊的时间了，夕阳下去了，夜色笼上来，如梦一般又覆盖了她的上空，似给她盖上了一层轻纱，让菊径显得越发宁静安详了。站在村口的我只听到她轻微的喘息，在我们很远的地方做着自己的酣梦，在时间深处静静绽放。

记住一块地

最早发现院子门口这块荒地的其实应该是蚯蚓、鸟雀，还有带来春天消息的春风，然后是母亲。我是最后一个发现这块地的人。母亲对我说，门前这块地其实肥力挺壮的，你看长出的草有多茂盛啊。辟出来种菜吧，这样咱就有吃不完的新鲜菜了。

我借来农具，换上短衣短裤和球鞋，有时干脆直接赤脚下地，开始整理这块荒地。看着我的样子，女儿拍着手大笑，爸爸成了农夫了。这让我感到无比亲切，双脚深入泥土，清凉的感觉，从脚趾往上攀升，如汁液一样浸泡着干涸的血管，我觉得血脉奔涌。我仿佛变成一棵麦子，站在大地平旷，麦浪翻滚的田野上，麦香阵阵，混合着泥土的气息，让我像是遇到久别重逢的故人，得到亲情绵密的灌溉。日里心绪烦躁，一旦双脚踏上这块土地，身心竟是如此的惬意，让人心生感动，一块地是可以安放所有心绪的，它会让褶皱不平的心思慢慢铺平展开。

拔去地里疯长的蔓草，用心翻捡着地里的沙砾石块，我慢慢地深入土地的内部。父亲曾告诉我，土地是有灵性的，是可以养熟的，如同家禽六畜，如同自己的孩子。我原先一直不明白，跟土地打了一辈子交道的父亲对土地如此的痴情，农忙时，父亲淹没在土地上的庄稼里，雨露一身，汗渍一身，长成一棵茂盛的庄稼；农闲时，父亲也会默默蹲伏在地里，长时间地盯着眼前的一切，明明灭灭的旱烟烟雾里，掩不住沉思的目光，似乎父亲与土地有说不完的沧桑心事。但我知道，挥臂干活的父亲是卖力的，而他侍弄的土地是多情的，总会回馈他一个个颗粒饱满，丰厚底实的收获。

我在讲台上口干舌燥地给学生机械地讲解着一篇小说的结构，回家后在这块土地上，进一步地实践温习。薅草松土是展纸磨墨，整畦下种才仅仅是提笔凝思，当平整的菜畦在脚下伸展，那感觉是要在雪白的宣纸或者粉红的"薛涛笺"上笔走龙蛇，调朱作画了。又仿似眼前是一架古筝，土地是底板，畦垄是琴弦，只要玉手轻拢慢捻，一曲弦歌便会飘然而至。

种菜要讲究时令，八月半，早种蒜；头伏萝卜二伏芥，三伏里头种白菜。青青菜蔬按照二十四节气的鼓点韵律，快三慢四，不疾不徐，粉墨登场。韭菜如一首长律，押韵对仗，平平仄仄，整齐划一。白菜，就像下凡的七仙女，在大地上翠绿，在地窖里青白，她在为凡世坚持，为生活歌唱。而大蒜呢，就像少年时代的《水浒传》，你能够说清楚它什么时候是横冲直撞的李逵，什么时候是妥协招安的宋江？还有洋葱，像不像那个喜欢呛人的青梅竹马的小姑娘？还有菠菜，茭白，芹菜，茄子，黄瓜，都不一样的脾气秉性，让人爱让人怜。种地也是一种人生的阅历，这是我原先不懂的，为什么一辈子待在土地上的父亲小事洒脱，大事庄严，原来世上的一切都可以在土地里体验的。父亲常说，人怎样对地，地就怎样对人。人误地一时，地误人一年。错过农时，是有钱买种儿，没钱买苗儿了。土地里长出的不仅是庄稼菜蔬，更是充盈真实的人生。每个了解土地亲近土地的人，都会有更深一层的人生体验。

拥有一块地，让家里一年四季有菜吃。这块地在我的调教下，如同一位勤劳持家的女子，品行端正贤淑，生育能力旺盛。窈窕婀娜的豆角，苗条的黄瓜，憨厚的土豆，端庄的白菜，瓷实的茄子。蔬菜的品性让我发现了人群中丢失多年的美好品质。土地的慷慨厚道让人心生感激。"思乐泮水，言采其芹"说的是芹菜的美好；"夜雨剪春韭，新炊间黄粱"描绘的是韭菜的鲜嫩；"秋光无限好，瓜是万年红"则是南瓜的老成持重了。方丈间的菜园，足以果腹，足以赏绿，足以怡情。

我曾经那么强烈地想永远地逃离土地，现在又是如此渴望拥有一块土地。

常常想起少年的某个片段：如同一棵庄稼一样被牢牢地钉在了土地上的我，天上是骄阳似火，头上的草帽不能为自己辟出一片多大的阴凉。背上喷雾器的药液打湿了脊背，不知道是药液多过汗水，还是汗水多过药液。眼前渐渐抽穗的麦田、泥浆、腐草和沤制的刺鼻的粪肥充斥在翻飞的阳光里，铺展到无穷远处的麦浪，此时的我觉得土地真的要淹没自己的一生。而乡间土路上，那些绝尘而去的汽车乃至自行车、行人，都是那么强烈地吸引着一个少年的目光和幻想。而参加工作后，置身闹市，竟又发现自己是如此水土不服地生长在城市的水泥地上。那些曾经最厌弃的竟是现在最向往的，那些原先最向往的竟是现在最厌弃的。人间的世态百相怎么会在一个人的不同经历后呈现出如此迥异的风景，是懵懂少年的无知，还是沧桑成年的淡然？

由于搬家，那块地又成了无人照管的撂荒地，重新被杂草占领。当我再一次站到它跟前时，深达十米的坑基，耸立的塔吊，让那块曾无数次温暖润泽我梦境的土地一下子消失，无从寻找。我知道这里将长出城里独有的"庄稼"，结出高大和虚空。招商广告牌上烈焰红唇般煽情的玄虚的话语，让人失落。这里是黄金旺铺，流金宝地。有着无比巨大的产出。在父亲看来，每亩亩产一千斤小麦，就是难得的高产，会让他眯起眼感谢风调雨顺的年景。除去农药、化肥、承包费，会剩下几百元的收入。而相比这里按平方米计算的地价，让我发胀的脑袋酸痛的眼睛算不出也看不清前面数字后到底有几个零。只是感到空前的繁茂之后，有着更大的荒芜与陷落在眼前铺展开去。

宣纸之美

　　琴弦描，蚯蚓描，行云流水描；雨点皴，荷叶皴，泥里拔钉皴……这些舞姿一般的笔墨需要一片怎样的承托与润泽啊。多少个日夜的引颈翘望，千里万里的跋涉求索，她们终于相遇了。这是多么美好的千年修得同船渡的姻缘啊。她们的相遇是金风玉露，是琴瑟和谐，是鸾凤齐鸣！还有什么能形容此种天作之合呢？凝眸睇笑，百转千回；波光潋滟，浩渺千里；群峦竞秀，绵亘四方。是她盛纳了中国写意画的眼神、筋骨、风姿和体魄。历史在此凝固，时间在此永恒。一切都因为一张纸的承载啊。

　　当欧洲的几个世纪前的壁画已经龟裂脱落，美国国会图书馆的古旧图书开始"集体自毁"时，展现在我们面前的八百年前的南宋张即之摹写的佛卷经册依然光滑洁白，完好如初。历经时光浸泡的珍贵资料和书画作品依然惊艳四射。这才是宣纸历久弥新的永恒魅力。

　　宣纸这位从皖南山水泾县小城走出的古装女子，依然魅力无比。燎草是她的柔肠，檀皮是她的筋骨，娇柔的身姿可以妩媚千年。沙田稻草和当地的青檀树是乡间遍地都是的俗物，但经匠人的撮合竟成了一桩惊世的姻缘。

行走在泾县的山山水水，触目之间皆是白白黄黄的云彩，黄的是刚刚晾晒上去的檀皮和稻草；白的是已经漂白待用的原料。如一张张天书铺展在眼前天际。那移动在天书间的黑点，如一个个移动的汉字，那是弓腰掇拾翻晒材料的工人。日晒雨淋，大自然是最高妙的匠人，造纸的第一道工序，要由它来点化。原料只有在自然的风雨中才能保持纤柔的本性，漂白褪色，返璞归真。造纸的师傅说，最好要有电闪雷鸣来助阵，这样将来造出的纸才更有精气魂魄，写出的字画才能更有笔走龙蛇的万千气势。造纸原来跟一位大师的形成是一样的。历经风雨的操练，千淘万漉的砥砺才能闪出动人的光华。

晾晒以后是舂捣。"沿溪纸碓无停息，一片春声撼夕阳"，春声起落，蘸着月光清露，伴着蛙鸣虫声，一张纸正在慢慢长成。掌春人啊，是怎样的虔诚，那庄重的神情不只是在劳作，更是在操持着一场肃穆的仪式。春具起落，山谷回音，飞鸟喧哗，白云飘逸，都融进了宣纸的每一根经络。灵山秀水是她的前身啊，怎能不让掌春人静立如仪呢。有人可能要问，造一张纸要多长时间。匠人会平静地告诉你，要经过一百多道工序。你可能惊诧于宣纸传统工艺的复杂烦琐。但你仅仅是一个旁观者，很难体会到"片纸两年得"的艰辛与内涵。所以，在现代工业化的流水线上，出产的也仅仅是没有生命的机制纸，而那些采用看似原始浸沤，自然漂白，踏碓春捣，手工抄纸的匠人们，他们是怀着一颗怎样的心在劳作啊，他们是在用血汗濡养了一根根纤维的精神，用身体唤醒一张张纸的灵魂。他们虽未在将来成形的纸上挥洒灵犀片羽，但其过程何尝不是在进行着一种伟大神圣的艺术创造呢。

让自己的神采文思挥洒在这高洁的宣纸上的人是有福的。纸让墨韵风生水起，画图让纸张流韵千年。纸是画的生命，画是纸的灵魂。

中国文人写意画从源头开始，如浅濑小溪，跋涉了多少光阴岁月啊。直至元明之际方蔚为大观，如长江大河汩汩滔滔，奔涌而下。浙派、吴门派、四僧、四王、扬州八怪，流派纷呈。是什么力量孕育了中国书画的一树繁花啊？是宣纸，是墨韵万变，纸寿千年的宣纸。是你让张大千的笔下生辉，让敦煌的神女舞姿飘举，婀娜多姿；是你让傅抱石笔下神生，让山河逶迤，大地腾辉；是你让齐白石笔下灵动，让白菜朴实，虾儿善良。

　　墨里乾坤大，纸上岁月长。一张纸能沉淀一个民族的思想的重量，一张纸能流泻一个文明的神采，那就是你呀，不老的宣纸。

乡间时光

在乡下新的一天应是从第一声雄鸡的啼叫和牛哞开始的。尽管东方刚泛起鱼肚白，西天边还挂着几颗疏落的星子，草尖上露珠莹亮，依旧闪着即将消失的下弦月的蓝光。手脚勤快的农人醒了。夜里睡香梦甜，也就醒得早。鸟声如洗也不觉得扰人，却分明听出一些画意。人勤春早，时光也怜惜早起人，赏赐给他一个清明的早晨。

犁地的吆喝起牲口，驾起牛车，趁着天凉犁一下东坡里的麦田。锄草的已擦亮了锄头，搭上条毛巾，也下地了。即使地里的玉米刚刚锄过一遍，花生也刚浇了一遍透水，正往高里长。撂上几天，地里也没什么活儿。但脚步还是不由自主地往地里挪。能有一块地放在心上是充实的，一天不下地反而会空落落的。人养活了庄稼，其实也是庄稼养活了人啊。在农人眼里，庄稼是最懂事的儿女，最知恩的后生。让人不能不想。

在城里，种的不是庄稼，是高楼，局促逼仄，让人喘不过气来。早起的城里人都想找一块空地伸落伸落胳膊，活动活动腿脚。巴掌大的园子就挤满了人，挤得人心里惶惶的，不实落。打几趟拳，练一套剑，只图个出身汗，让身子轻快轻快，而心还是木木的。寒来暑往，翻捡着一样寡淡的日子，千篇一律。可农人不一样。农人晨练是在庄稼地里整地、除草、施肥、浇水，一年到头忙不完的农活，闲不下手脚。但心情是不一样的。眼看着齐整的禾苗娉娉婷婷如小令绝句，长成了绿浪奔涌铺天盖地的华章伟句，心情是与庄稼一样吐绿绽翠，常绿常新的。庄稼是养人的。因此，常见乡间里，七十老翁腿脚健步如飞，八十婆婆目光清澈如水。

饭桌上摆的是最平常的饭菜。小葱拌豆腐，清亮爽口。小米粥稀饭，黄澄澄的，滚烫熨帖，喝了是贴心贴肺的顺畅。顺手从田间地头扯来一把水灵灵鲜嫩的野菜，洗净，水里氽一遍，淋上几滴麻油，带着田野的风味，入口是不尽的绵软和悠长。篱笆上的豆角，园子里的瓜果菜蔬，是自种自收，亲力亲为的亲切，是既能入口又宜入画的佳肴美景。碗里颗颗饱满，粒粒皆香的粮食，散发着曾经的汗香，细细嚼来也皆是如此的可敬可亲。这样平淡的滋味，如篱落里巷陌里悠长宁静的日子，如阡陌间云淡风轻的光景，一样的淡远悠长。

也许，最廉价的就是最珍贵的，最普通的就是最长久的，最淡然的就是最亲近的，最家常的就是最养人的。在酒山肉海的豪门盛宴里腌渍的心，却不如一碟母亲亲手做的土气十足乡味厚重的野菜，更能熨帖胃肠了解心意。

每次回家，母亲总是给我装上满满的几袋土产、时蔬，让我无法拒绝。我知道母亲是让我多吃上几顿家乡的饭菜，想让我带上一块家乡的土地上路，虽然我城里的厅堂长不出一棵庄稼。我一次次将母亲从乡下搬到城里，母亲一次次地逃离般地回到乡下，如一株水土不服的麦子，住不了几天，只因为城里的天太热，城里的空调太凉。

其实，城里的时光像什么，那是丝绸或玻璃纸做的，冷艳华美，炫目晃眼，闪着纸醉金迷的光华，让人陷落，灼伤，远离，隔膜。而乡间的日子是一匹浆洗了不知多少水的白棉布，绵软，悠长，素朴，无华，但也本真妥帖，适合盛放一颗宁静的心。在这样的日子里来度过悠长的午后以及更为渺远的今生，不觉累，只觉出尘世的安稳与身心的贞静。

在坝上

在坝上，才知道尘世之外还有这样一块土地，被时间忘却在尘世之外。在潍坊籍摄影家张作鹏的镜像下，我更深入地体会到她出尘的静美。一切都可以停下来，静静地屏息凝视，让美留驻。在这里，山站了一万年，水淌了一万年，天蓝了一万年。

怎样才能使跳跃的心静下来呢？面对这样的土地，每个人都会自觉地褪变为一草一木一山一石。怎样形容她好呢？北地的粗犷在这里荡然无存，江南的婉约也难以媲美。有的只是天生丽质，浑然天成的大美。足以让人一生凝视。没有脂粉气、烟火气，只有清新脱俗的灵气、秀气。"娉娉袅袅十三余，豆蔻梢头二月初"，她是涉世未深不染尘渣的淑女吧，是浑金璞玉，不事雕琢的翡翠吧，她就这样远离我们，又凝视着我们，鉴照出我们的污浊。

这里的天啊，汪汪一碧，任谁也调和不出如此纯净的色彩。风千年万年地吹，也吹不尽的蓝啊，这样的蓝是任谁也逃脱不了的难以自拔的箭矢，在她的眷顾里，只能被一箭穿心。只因为她是自然的，是清水芙蓉，妙手天成。凝望的时间久了，每个人都会融化于其中，变成一朵云，一片蓝。她是高原散落的巨大海子，澄澈无瑕，鉴照一切。望着她，能够照出一个人天性的深浅。你只能在这一汪深情的注视里战栗，神伤。与她一起思绪飞扬，飞到更高的天的尽头。白云从她身边飘过，也款步轻摇，变成纱，变成霞，变成霓，变成虹，为的只是做你的陪衬啊。飞鸟掠过，羽翼翕张，尽量不弄出什么声响，是为了不惊醒她的梦啊，就这样蓝着吧，这样睡着吧，谁也不要打扰她，让她一睡千年万年。

这里的山也是轻柔的。没有横绝云端的巍峨高耸，没有势拔五岳的雄浑壮观。有的只是静默的肃立，端庄的思索，不逼迫你，不压制你，而是靠拢你，亲近你。"木兰双桨梦中云，小横陈"，在姜白石的词中，她应是日晚倦梳头的女子，慵懒娇羞地斜卧在天底下，云鬟半偏，衣冠不整，但娇憨可爱，玉体横陈。每一条曲线都柔婉动人，没有突兀的森然，只有触目可及的轻柔。她不是故作高深挺拔地俯视你，而是这样的近在眼前，在伸手可掬的凝望中。让你活在她的香馥的鼻息里。她不是深不可测的幽怨，而是张开胸襟一览无余地坦白心迹，让你亲近，感动。没有凌驾，倨傲，只能心手相偎。如母亲的襁褓，让所有疲惫的目光和步履都可以歇息。草原上勇猛的健儿，你尽管驰骋吧，对于你不羁的心，山只有深情的注视、依恋、牵挂；没有羁绊、放纵、疏离。草原上的雄鹰可以征伐四方，但永远走不出你的目光。所有的跋涉都是向着你而来，所有的心儿都是为你跳动。

草就这么绿着，黄着；黄着，绿着。黄黄绿绿之间是不变的轮回，是悠长的人生。其实，能做一棵这片土地上的草也是好的。没有孤单寂寞，安静地生生灭灭，就是一辈子。草儿吸风饮露，沐浴日月，能站成坝上的一棵草，是一生的幸福啊。因为这里的每一棵草都不卑微，不柔弱，不自弃，不自伤。当晨曦如哈达一样覆盖了坝上草原，露珠成为草儿的王冠，挤奶姑娘的歌声又会传遍草原上的每一个角落，让天地沐在牛奶一样润泽的照耀里。新的一天开始了，慢慢地体会吧，春风、夏雨、秋霜、冬霖，都是一生中应有的风景啊。是何其壮丽，何其美好，只因为你也是其中的一棵草啊。

溪水是常流的，不要问溪水流向哪里，只要知道它是源自那冰清玉洁的雪山就行了。与雪山一样不染尘渣，一样的洁净。掬一捧清澈的水洒在脸上心上，清口润肺净心啊。它就这么静静地淌着吧，如新生婴儿的目光清澈地淌着，只要有这水在，草原就是永远美好的。

在坝上，足以让人忘记自己的前尘和今生。

第五辑：人间有味是清欢

穿越千年的人生智慧

据传在周王朝太庙的石阶前，曾立有三尊人物雕像，分别为"玉人""金人"和"石人"的形象。这三座雕像有什么寓意？为什么会立于周王朝供奉祖先的太庙前呢？还得先让我们回顾一下这三尊雕像的风采威仪吧。

第一尊为以布咂嘴，表情严肃的铜铸"金人"。用布勒住嘴巴，意为少说多做，惜言如金。胸前勒文"金人"，背后有"无多言，多言必败；无多事，多事必多患"的铭文。教人慎于言行。

第二尊为双手张开，作侃侃而谈状的"石人"。与"金人"相对而立，此尊雕像的用意是教人要仗义执言，敢于伸张正义，立场坚定。面对异端邪说要不屈从，不阿就，心如磐石。石人胸后勒文"无少言，无少事"。

第三尊为一尊"玉人"，为绿衣打扮，象征玉的温润洁净，"玉人"表情温恭，谦谨，不动声色的表情似是在教导人们面对一切都应心如止水，淡然处之。要人们控制内心的欲念，修身养性，克己复礼，洁身自好，方能守身如玉。

历史沧海横流，大浪淘沙。这三尊石像已无迹可考，或毁于兵燹战火，或长眠于地下。但据记载，孔子曾立于周朝太庙右阶下，抚金人而感叹。出自《说苑·敬慎》的成语"三缄其口"，其中"三"现在往往理解为"多"之义。其实，真正的意思来源于周太庙前用布绕嘴三周的"金人"形象，是对"金人"的客观描写。

穿越千年，我们仿佛依然能够看到周王朝的历代帝王在袅袅香火中参拜开创基业的先祖，神情恭敬，庄重肃穆。得江山不易守江山更难。先王用目窥千里的睿智，为后代子孙廓清了一条通达之路，使周王朝享祀帝业近八百年。这不可不谓"玉人""金人"和"石人"的教化之功吧。

而这三尊湮没不可考的雕塑，其包含的精神的薪火却源远流长，浇灌了一代代的圣贤。

"君子讷于言而敏于行""巧言乱德""巧言令色鲜矣仁""刚、毅、木、讷近仁"。重温孔子这些依然散发着人性的光辉的哲言，无不教人慎于言行，管住自己的嘴巴，防止祸从口出。让那些夸夸其谈者原形毕露，褪去假象。再现"金人"风范。

文起八代之衰，道济天下之溺的韩昌黎，触龙颜，批逆鳞，犯颜上书，谏迎佛骨，结果"一封朝奏九重天，夕贬潮阳路八千"，但其仗义执言的精神，震古烁今，与"石人"无二异。

面对前来劝降的宋恭宗和忽必烈，南宋状元宰相文天祥脱口吟出"人生自古谁无死，留取丹心照汗青"的千古绝唱，这不正是"玉人"所为吗？守身如玉，高风亮节，纤尘不染，成为彪炳史册的伟丈夫。

"玉人""金人"和"石人"所蕴含的精神内质历经时光的变迁，不但没有随风湮没，反而历久弥新，成为儒生、士子、知识分子革命者的精神钙质。朱自清的不食美国的救济粮，闻一多面对反动派的枪口拍案而起，忠诚于理想的志士面对酷刑折磨，严守党的机密，视死如归，这不都是"玉人""金人"和"石人"三尊雕塑精神的再现吗？

时光荏苒，流年偷换。其实，流去的只是芜杂尘埃，时间淬火的思想精华必将在历史长河中赓续传承。

圣贤之言在耳鸣

千年的江水淘去的只是厚积的尘埃，而先贤圣人的思想在时间的磨砺中却是愈加璀璨，历久弥新。翻开历史的书页，一幕幕画面依然鲜亮润泽，一声声教诲如夯音经久不息，响彻耳鼓。

蒙山之上，斜风细雨之中，一位麻布长衫，葛巾博带，高额睿目的长者，登高远眺，临风吟哦。感叹：登东山而小鲁，登泰山而小天下。这就是孔子，他以博大宽广的胸襟，君临天下，俯瞰万物。在孔子眼前的不仅是收纳万物苍穹于一隅的自然，而是指点江山我为主的超脱。

濮水之滨，面对"愿以境内累矣"的楚王使者，庄子持竿而不顾，竿头的钓钩，在秋水中荡出圈圈涟漪。愿做那束缚手脚、供奉于神坛、珍藏于宗庙、留骨而贵的神龟，还是做曳尾涂中自由自在的泥龟？超然的庄子持竿不顾。这种超凡脱俗智慧中长出的珠玉无瑕的清洁精神，使陷入名缰利锁中的我们汗颜惭愧，无地自容。庄子因无欲而可爱，因质朴而神生。也正因如此，庄子没有迷失自我，没有成为虽衣冠光鲜，却在楚王面前唯唯诺诺的惠施，没有成为周游列国权倾于时，却钩心斗角的苏秦，而是成为清风夜唳中一株孤独守望着自己灵魂的大树。

滕王阁上，高吟"酌贪泉而觉爽，处涸辙以犹欢"的王勃，少年早慧，才华横溢，历经挫折而不馁，昂起那颗高傲的头颅，"老当益壮，宁移白首之心？穷且益坚，不坠青云之志。"这就是我们的王勃，虽金瓯易缺，英年早逝，却留下一个让后人唏嘘感叹，顶礼膜拜的完整的王勃。

学而能富人者，欲贫而不可得也。贵而能贵人者，欲贱而不可得也。达而能达人者，欲穷而不可得也。

少而不学，长无能也。老而不教，死无思也。有而不施，穷无与也。

"玉不琢，不成器；人不学，不知道""锲而舍之，朽木不折，锲而不舍，金石可镂""临渊羡鱼，不如退而结网""桃李不言，下自成蹊""绳锯木断，水滴石穿""行百里者半于九十""君子之交淡如水，小人之交甘如醴"……

圣贤之言，如黄钟大吕，惊世骇俗，振聋发聩，从历史的深处滚滚而来，摧枯拉朽，扫荡一切。世俗的思想，功利的欲望，都在这惊涛骇浪般的声音中如尘埃碎屑般地纷纷坠落。

在信息泛滥和物质丰盈的今天，相比古人，我们却愈来愈偏离本真和自然。我们今人只是站在欲望的金字塔之巅，歆享着物质文明的盛宴，我们发达的只是四肢，增加的只是脂肪，我们的精神花园却日渐荒芜，成为荒漠。我们的生活到底是进步了还是退化了？为什么我们的房子越盖越大，楼房越建越高，马路越修越宽，而我们的灵魂却无处寄放？目光却只看到脚下。为什么我们衣食无忧，心宽体胖，却不能够真正地感到充实，快乐？其实我们并不比古人走得更远，想得更深。思维的车轮因为大小失衡而偏离方向，甚至背道而驰。我们在饱食之后的突发奇想，灵思一悟，其实都是圣贤的思想的水滴，高山的尘埃。我们在进化中蜕去的仅是象征落后的类人猿的尾巴，而且连同敏感进取的思维的触角也一同退化了。所以，圣贤哲人永远如太阳一样，可望而不可即，又如遥远却又漫漶的古老图腾，成为意义恢宏博大的神秘符号，让我们顶礼膜拜却又越来越难以解读。

君主是世俗领域的王者，是权力的化身。而圣贤则手持智慧的法杖，登上真理的圣坛，操持着精神道场。我们则是其周围沐浴思想之光却冥顽不化的顽石和野草。

历史在演进，而支撑历史四维的圣贤的智慧之光需要我们用毕生的精力去解读承传。

他们是指引我们走出迷途的北斗，是淘洗我们欲望之门的醴泉，让我们一沐清颜，二沐清心，三沐清神。让我们在晨曦微露的早晨，晚霞普照的黄昏，星月高悬的夜晚再次倾听圣贤那醍醐灌顶般的智语吧。

大树带给我们的思索

不论是出行水乡江南还是寥廓北国，都给我带来同样的感受：一个村子就是一片荫翳茂密的树林。村落总是依偎在树林之中，仪态安详，举止从容。一个小小的村落就是鸟儿安在树杈上的巢穴，自然味，原生态，让人容易亲近。有一片葱茏碧绿掩映，世俗的烟火才显得真实可爱。有一棵棵大树依傍庇佑的村子更显得老成持重。否则，只是一片次生林，尽管葳蕤茂盛，但却是毛头小子般的稚嫩漂浮，胸无城府，是一眼就望到底的浅薄。

可是现在跟那些古老村落同龄的大树越来越少了。这更加重了村子的老态龙钟，而不是同几片速生杨一样所谓的年轻。没有应有的底蕴与厚重，日子都会变得轻浮而不实际。

常常想起小时候，村里有数不清的古树，榆柳柏桧，郁郁森森，遮天蔽日，几人方能合抱。小孩子们约定什么活动，随口就说在哪棵老槐树下。通常，大树下街坊邻居，男女老幼，笑语常在。大树的树荫滋养着一方水脉人气，使村子烟火阜盛。一棵百龄老树就是阅尽村子沧桑历史的老寿星，村里的老人都在老树下撒过欢，攀过它的树枝。谁家结婚生子了，就在老树树干上系上一根红布条，把喜事也告诉老树。常见村口的一棵老树虬枝嶙峋，红幡飘动。大树是可以致福的。它不仅给人带来一片阴凉、清新、温暖，还会带来福祉、好运，以及更为广大的希望庇佑。

在世界风筝都——潍坊见到的一幕景象：在城区的一条主干道正中，一株大树森然耸立，枝繁叶茂。这让我长久地感动，心生敬意，不止是对这棵树，更是对那位能为树让路的规划者。一个能给一棵树让出一条路的城市，还有什么理由让人怀疑她的胸襟与气魄？这比任何的亲民说教更具说服力。因为不是一棵大树占了我们的道，而是我们占了大树的位置，它早就站在那里，一站就是几十年。而能为大树留出它生长的空间，这种超越物种的关怀更能让人心生暖意。

而我们常见的城市公园或观光大道的旁边，也常见大树的身姿，但那是怎样的树呀，以斫头削发的残损状站立着，为了迅速让景观靓丽起来，这种速成式的方法不可谓不高妙。但眼见的是大树们水土不服，憔悴枯槁，成为一根根树桩站立成残损的雕塑，诉说着生命的苦难。它们带来的不是美感，而是破坏！

历史不能嫁接，生活又岂能挪移？真的希望植树人三思而行。

老子说，万物并作，吾以观复。意思是万物同时生长，我看着你们轮回。老子就是老子，他把自己超拔到宇宙空间的高度来俯视我们的人生，居高临下，一览无余。老子以一部万余字的《道德经》便涵盖了人类思想的精华，举重若轻，博大精深。他就如同一棵枝繁叶茂的大树，高出芸芸众生之上，鸟瞰世间百态。

其实大树，特别是古树，也是高于人类之外的智者，树以静，以不言而寿。从生到长，风侵雨袭，雷锟电击，凛然无惧，静立天地间，守着人类的每一个黎明与黄昏。在人类清醒活动的时候，它清醒着；在人们酣睡的时候，他还是清醒着。所以，与人同龄的大树，已经比人高出一辈。并且，树枝在云里延伸，树根在黑暗中穿插，超越光明与幽惑，树比人又多活了一界。

大树是人类灵魂的栖息之所，它不仅带给人们直接的物质的满足：人们可以摘取它的果子来充饥，伐掉它的枝干来筑屋来取暖；更给人以精神意义上的教化，面对一株大树会长久地给人以崇高、尊严、自立等宗教意味很浓的感受，而且从阅世的角度，人也是比不过一棵大树的。因为人类漫长的历史充其量不过是几株首尾相连的大树的年轮，是它身上的一个枝杈，一片嫩叶。看着公冶长书院前面的两株巨龄银杏树，浩瀚春秋战国的历史就铺展在我们面前；抚摸着北京十三陵里郁郁葱葱的古柏，它又比哪位帝王更缺少威仪和深邃呢？左宗棠平阿古柏"遍栽杨柳三千里"，那留存下来的森森巨柳依然蓊郁茂盛，俯视千秋，谁又能否认它不具备一代封疆大吏的胸襟气度呢？因此，它们就是阅世的史官，捭阖的帝王，静默的智者。是伟大、高贵和智慧的同义词。

因此，接近大树，在生活中拥有一棵棵大树，在让我们接受它的厚重荫蔽的同时，还会使我们的心灵更加澄澈美好，变得如大树一般的崇高。这应是大树带给我们最珍贵的东西。

种一竿青葱翠竹

读到一则故事：南山寺中，一个年纪最小，资质也最差的小和尚，终日苦思如何来改变自己，却不知该怎么办，每天都愁眉苦脸的。一日，小和尚终于鼓起勇气去师父的禅房，向师父道出心中的疑惑。

师父并没有回答他，而是领着他来到寺后的竹林。师父缓缓地对小和尚说，你看这些竹子和地下的蕨草，皆由为师几年前栽种。刚开始种下它们时，蕨草很快便长得葱郁茂盛，而竹子却无声无息。一年又一年，年年如此，但我仍然浇水、施肥。直到第五年，竹子才拱出一个嫩芽，弱不禁风。但只过了六个月，它便长到齐人高了。竹子用五年的时间来扎根，才有了今日的苍翠。人亦如竹，你只有心静如竹，定性扎根，方可有所造化。

小和尚听了如醍醐灌顶，顿悟了师父的教诲。经过几十年的苦心修炼终于成为一代宗师，普度众生。

小和尚终于不负师父的厚望，长成一竿青葱的翠竹。

这则故事使我想起另一个人的经历，那就是二月河在未成名之前，曾是一个在几百米的矿井下挖煤的工程兵，整天在暗无天日的矿井里跌打滚爬，他感到跌到了人生的底层。不甘心现状的他，出矿井之后一头扎进连队的图书室，读尽了所有的藏书，也包括《辞海》《古文观止》等古籍。他又对古文产生了浓厚的兴趣。连队周围有很多破庙残碑，他不停地摹古碑，抄古书，精研《红楼梦》。直到一九八六年，他以"二月河"的笔名发表了长篇历史小说《康熙大帝》，震惊文坛，一发而不可收。二月河说过，他曾有一个"锅底法则"，那就是：生活就好比一口锅，当你处在锅底的位置时，只要你肯努力，无论你朝哪个方向，人生都是向上的。

二月河经过多年的孕育成为一竿秀出于林的青青翠竹。

我们缺少的是老和尚所说的"定性"，也就是"定力"。在滚滚红尘，攘攘现世中，我们每个人都渴望做枝头的花，让人引颈瞩望；做团锦上的蕊，让人心向往之。但却像乱花迷了眼，暖风醉了心的看花客，心一会儿在云端，一会儿在枝头。任何喧嚣都能引了心去，任何名利都耿耿于怀。充斥内心的是欣羡，是嫉妒，是不平，生活中的细雨微澜，是我们的胸中的惊涛骇浪；前行路上的磕磕绊绊，是眼前的巨石深渊。

其实，我们缺少的是一竿翠竹般安于平静的淡泊之心。

学会做一竿翠竹吧，把寂寞当作营养自己的肥料，把苦难当作充实自己的钙质，默默地将根系深入、穿插，为的是冲破蕨草的包围，以直耸云端沐浴阳光雨露。

只要你有一棵深埋地下的竹子的胚芽，不在乎时间的长短，你总一定能长成一竿青葱的翠竹。

人间有味是清欢

"细雨斜风作晓寒,淡烟疏柳媚晴滩。入淮清洛渐漫漫。雪沫乳花浮午盏,蓼茸蒿笋试春盘。人间有味是清欢。"这首《浣溪沙》是苏轼在赴汝州(今河南汝县)任团练使途中,路经泗州(今安徽泗县)时,与泗州刘倩叔同游南山时所作。眼前一派春光明媚,又有细雨斜风做伴,不禁使东坡游兴盎然。远处一抹柳色如烟,清新淡雅,更兼轻雾蒙蒙,春景如画。至雾去天开,阳光乍泄,河滩远近便一片明媚喜人,豁然开朗了。浅浅的洛水始是清澈,及至汇入淮河,就变得气势雄浑,深不可测了。登上山,已是日午人困,饥肠辘辘。幸有好客山民捧出新采的泛着雪沫乳花的春茶,端上刚从山间采得的蓼茸蒿笋作野味,让人大快朵颐。茶清心爽口,饭淡而有味。春天的味道,让人齿颊生香,终生难忘。人生最有味的不就是这清淡的欢愉,难得的自在吗?而这一切只有放下人生的荣辱得失,才能品出其中的滋味啊。

其实只有尝尽人生的百味,才能品出人间的至味。于此,苏轼最有悟得。新党旧党的排挤碾压,乌台诗案的飞来横祸,让这位致君尧舜上的北宋才子，艰于呼吸和视听。一贬再贬，一路南迁，小舟从此逝，江海寄平生。苏子如月夜的一只孤鸿，拣尽寒枝，却无枝可栖，只能徘徊江天。

所幸，官场的污浊并没有让他隔绝人世，民间的清风倒让他醍醐灌顶般醒来。在他的《自题金山画像》中，他自嘲戏谑：问汝平生功业，黄州惠州儋州。自己就像一只断梗飘萍，浮浮沉沉在大宋王朝的死水微澜之上。但无论被贬到何处，苏轼都能写出好诗，吃出名堂，把生活过得有滋有味。《超然台记》里写超然，《赤壁赋》中显豁达。贬谪的经历反而成了肥沃他思想的沃土，让他一路豪饮，一路壮歌。"白头萧散满霜风，小阁藤床寄病容。报道先生春睡美，道人轻打五更钟。"这首在惠州曾作过的《纵笔》让远在京师的政敌们食不甘味，冷笑一声，"苏子尚快活耶？"于是，又一纸贬书，将他远贬到天涯海角的儋州，也就是蛮荒僻远的海南。苏子用脚丈量了大半个中国。

颠沛流离的遭际，嵯峨坎坷的仕途。人生在世不称意，他没有明朝散发弄扁舟。相反，他所到之处，赈济救荒，兴修水利，整顿军纪。在杭州他带领官民修建苏堤，开设病坊。在徐州，他身先士卒，和人民共同堵塞黄河的决堤。他走到哪里，就惠民于哪里。他干得热火朝天，也问心无愧。并且他还吃得有滋有味。在黄州，他发明了"东坡肉"。戏作《食猪肉诗》："慢着火，少着水，火候足时它自美。每日早来打一碗，饱得自家君莫管。"东坡烹制鱼羹颇在行，在家乡常亲自下厨做鱼，客人无不称善。它还以芦菔、白米为糁，做成"玉糁羹"，自称其味堪比唐僧到西天取经吃到的醍醐。

因此，与他有直接关系的名馔数不胜数，用他的名字命名的菜品则更多，如：东坡肘子、东坡豆腐、东坡玉糁、东坡芽脍、东坡墨鲤、东坡饼、东坡酥、东坡豆花、东坡肉……他能因陋就简，或者独出心裁，推陈出新地创造性地结合当地饮食特点自创菜品、美酒。他自法酿酒，并写诗记录："三山咫尺不归去，一杯付与罗浮春。"他怕别人误以为"罗浮春"是本地酒，就自得地写明：予家酿酒，名罗浮春。还制造了一种"万家春"的酒。在《和己酉岁九月九》诗中有："持我万家春，一酬五柳陶。"他像个快乐的孩子，手忙脚乱地发挥想象，不停地创造，又手舞足蹈地抢注版权专利，让"坡粉"们跟着疯狂。让生活活色生香，繁花似锦。

清欢其实并不是只有吃斋念佛，佛卷青灯的孤绝。那其实是了断了尘缘。苏轼的可贵之处就在身在尘世，不忘尘世，清白故我。官场的送往迎来，生意场上的接洽交易，都市霓虹里的灯红酒绿，不是清欢，而是世俗的狂欢，是尔虞我诈，纸醉金迷，醉生梦死的权力宴，名利场，富贵乡，离清欢更是相距甚远。真正的清欢是无欲无求的清白，清新淡泊的淡然。苏子的清欢其实是抵抗污淖现实的清新剂，清凉风，让他且行且吟，啸傲风雨。他的好口福更是一种旷达，超然，参透人间百味的透彻。是这位文学大师对于权贵、恶吏、小人、败类的无言的反抗。

简单最好

　　一家外国报纸以高额奖金向社会征集一个问题的答案。问题是：在绝域沙漠上空已不堪重负的热气球上，载着三位关系到人类前途命运的科学家。他们当中必须有一人被丢下，才有可能让热气球载着另外两人脱离险境。这三位科学家分别是能使地球免除污染，让人类免于环境恶化的环保专家；能控制核扩散，防止全球核战危机的原子能专家；以及能帮助人类解决贫困与饥饿，提高粮食产量，能让荒漠变成良田的粮食专家。面对生死的抉择，必须丢下一个，才有可能让另外两人顺利离开绝境。如果读者是此事的裁判，请问应该丢下谁？

　　高额的奖金让狂热的应征者的答案如雪片一样纷纷而至。他们从各个角度，各抒己见，详尽地阐明自己的见解。都坚持自己的答案。但最后巨额奖金却让一个十几岁的小男孩得到了。这让成人世界大跌眼镜。

　　这个孩子避开了急功近利的焦躁，将问题思考得很单纯，他的答案就是将三人中体重最重的那个丢下。因为他想得更多的不是问题背后那些丰厚的奖金，而是问题本身。除了体重能使气球超载，别的都不能。

而成人们却早在心里装满了高额的奖金，让内心负载不动。

还有一则故事，一位国王在巡视国家粮仓的时候，将自己最宠爱的王妃送给自己的结婚钻石金表丢失在了粮仓里了。国王下令，所有的随从必须在明天凌晨以前，也就是自己结婚五十周年纪念酒会之前找到，否则全部处以极刑。而找到者则会受到重赏，并且他要将自己美丽的小女儿嫁给他。

悬于头上的利剑和巨大的诱惑，让国王身边的随从们疯狂地找寻，他们找遍了角角落落，甚至连粮食都翻了一遍，也没有找到。到了下半夜，疲弱困乏的人们累得东倒西歪，躺倒在粮仓里，期望休息一会儿再继续找。粮仓主管的儿子得知这个消息，在众人都静静地睡去的时候，偷偷地溜进粮仓，想帮一下爸爸。他静心谛听，忽然听见在粮食堆里传来一阵清脆的滴答滴答声，原来那只金表就藏在一个黑暗的角落里。小男孩不仅救了父亲和大家，而还成为国王未来的新科驸马。

这个孩子之所以能找到金表，是因为他只是专注地倾听，排除杂念和声响，让内心静下来，点亮了那盏照亮黑暗的心灯，让金表浮现。他的内心没有欲望的煎熬，名利的诱惑，因此他听到了"神"的提示。

孩子们为什么能够得到答案，解决问题。为什么我们孜孜以求，朝思暮想，而成功的花儿却总是落在别人的枝头；为什么我们弃之如敝屣的顽石，在别人手里却成了璀璨的珠宝，这绝非是偶然的。

而相比这两个孩子，我们缺少的正是单纯与专注的心灵。我们在功利和欲望面前早已战栗焦虑不安，急于求成的想摘到成功的果子，反而欲速则不达。没有比单纯与专注更能接近理想的星空和梦境的。单纯使人心无旁骛，目标集中，是删繁就简三秋树；专注使人矢志不移，殚精竭虑，觅得成功终在灯火阑珊处。

其实说到底，单纯和专注就是一种简单的心态。日里劳碌奔波的我们丢掉了简单的心境，让物欲迷了眼，让名利蒙蔽了心。我们苦恼，焦躁，找不到成功的出口，只是围着欲望的碾盘周而复始地转圈。因此，我们要重新捡拾起曾经的简单，让简单的心灵为我们照亮来路，指引我们前行。每个人的心灵空间都是有限的，欲望多了，思想就少了；高尚多了，邪恶就少了。只有心灵简单了，才能廓开眼前的迷雾，盛纳更多美好的东西，让我们目光清澈，直视无碍；只有简单了，才能心底无私，了无羁绊，看山是山，看水是水，心无瑕疵。

因此，简单最好。简单是六世达赖仓央嘉措的"不负如来不负卿"的身在佛门，心为情种亦为佛的真性情；简单是齐白石，"恨不生三百年前，为青藤磨墨理纸"的执着，寄身艺术，老亦天真的苦钻营。简单是"竹影扫阶尘不动，月穿潭底水无痕"，如清澈透明的清风朗月；简单是"行到水穷处，坐看云起时"，如达观了然的绿水轻舟。

简单在心，方如皓月当空，内心澄澈。简单在心，我们才会轻装上阵，心无羁绊，直达目标。

生命如蜕

　　小时候，读法布尔的《蝉》，很是惊异且感动于他对蝉生活习性的刻画，科学幽默，妙趣横生。感觉他就像蝉的邻居一样，蹲伏在它的一边，边吸烟边观察，和蔼亲切地注视着这位生活在我们窗前悬铃木、桂花树或者梧桐树上的近邻。蝉的生活细节一一在我们面前呈现：蝉在蜕皮时，"它会表演一种奇怪的体操，身体腾起在空中，只有一点固着在旧皮上，翻转身体，使头向下，花纹满布的翼，向外伸直，竭力张开。于是用一种差不多看不清的动作，又尽力将身体翻上来，并且前爪钩住它的空皮，用这种运动，把身体的尖端从鞘中脱出，全部的过程大约需要半个小时。"

　　在我们都昏昏入睡的时候，这位鹤发童颜，目光敏锐纯真的老者，一副法国南部乡间农夫的朴素打扮，头戴宽边遮阳帽，脖系方巾，手里握着他的宝贝捕虫网，为我们守候着这一精灵的蜕变。法布尔因此成为最先看得到上帝微笑的人。

　　蝉从臃肿丑陋的黑暗之子变为浴光而飞的夏日歌者，用嘹亮的歌喉点燃了整个夏日的激情。虽然短暂，但却如阳光一样饱满金贵。而法布尔则引领我们进入生活的细部。他的一部《昆虫记》以细致的观察，翔实的记录，生动的文笔，"集昆虫学和禀赋于一身，熔毕生研究成果和人生感悟于一炉"，以人性烛照虫性，成为科学界的一部奇书巨著。他本人就是一只在阳光下蜕皮飞升的美丽的蝉。

而人类历史长河里，也有无数的人蜕化成蝉，借一双美丽的翅膀飞翔在众生的天空。

贝多芬是一只蝉。当一位贵妇问他，如何才能像他一样弹得一手好的乐曲。贝多芬平静地回答，只要你像我一样，每天练习八个小时，坚持二十年，你就会比我更出色。

当猝然的失聪，失声的黑暗潮水般地笼罩着他的后半生，贝多芬以音乐为歌喉，生命为琴弦，扼住生命的咽喉，弹出了人生的最强音。登上音乐的巅峰。因此，他是一只御风而飞的鸣蝉。

二〇〇九年春晚，刘谦以优雅的谈吐，精湛的魔术征服了无数少男少女，一炮打响，红极一时。而又有多少人知道他背后的苦难。在成名之前二十六年如一日的痴迷磨炼。

所以，我们每个人都是一只等待飞翔的蝉的幼虫。而物欲捆绑了我们的手脚，名利蒙蔽了我们的心灵。我们只能匍匐在地，苟延残喘，蒙昧自得。要想蜕化飞升，就要忍得寂寞，耐得蜕皮的疼痛。蜕掉束缚身心的甲胄，除去心灵的尘渣，蜕化成蝉。

人生如蝉，只有把痛苦饮下，才能打磨成飞升的羽翼，飞翔在众生仰望的精神天空。

放弃也是一种智慧

读《马未都说收藏》，对他的一段经历的感触颇深。有一次马老到上海一位大户人家看藏品。在他几次三番软磨硬泡的要求下，主人终于答应，可以让他从自己家传的两件宝贝中选择其中一件。这可以说是马先生精诚所至的结果了。但这却让马老犯了难，两件几乎同样珍重的瓷器，要舍一就一，对于爱之如命的马老来说是难以抉择的。他拿起"官窑"（和"哥窑"同为宋代五大名窑，是专供宫廷的瓷器）舍不得"哥窑"，拿起"哥窑"舍不得"官窑"。很受一番难为。马老由此得出感慨："人生的问题在很大程度上不是能不能选择，而是善于放弃；当你发现生命中的矛盾冲突时，一定要想方设法放弃一个，这样的人生才能迈出一步。"

马老将收藏上升到人生的境界，从收藏中悟得人生的大智慧，真可谓是大家中的大家。在舍与得之间，大度明智的放弃比耿耿于怀的占有更让人钦敬，放弃也可以说是人生的大境界。

唐朝文学家柳宗元的《蝜蝂传》中写了一种奇怪的小虫蝜蝂，它的行为让人思索。原文是："蝜蝂者，善负小虫也。行遇物，辄持取，昂其首负之。背愈重，虽困剧不止也。其背甚涩，物积因不散，卒踬仆不能起。人或怜之，为去其负。苟能行，又持取如故。又好上高，极其力不已。至坠地死。"这是一篇寓言小品，借小虫蝜蝂事，讽刺"今世之嗜取者"聚敛资财、贪得无厌、至死不悟的丑恶面目和心态。其实，我们人类社会中这样的"蝜蝂"又何其多呢？汲汲名利，甚至不择手段，到头来身败名裂，于蝜蝂无二异。

在这些"蝜蝂"们面前，蝇头小利皆心系之，力求之，得之则喜，失之则悲。这其实是不善择取的表现。物欲是泥潭，陷阱，深陷其中，只能越坠越深。而唯一能自我救赎的就是放弃，放弃利欲，清洁内心。这样才能身心俱健，体会到自由清风的顺畅；否则只能自造囹圄，自取灭亡。柳宗元是用蝜蝂为汲汲名利丧失人性之人敲响警钟。

法布尔的《昆虫记》中讲了一个笑话，在古代经院哲学中，有一个"彼力当之驴"的典故。说的是一头赫赫有名的驴子的事，这头驴被牵到两份燕麦的饲料当中，最后竟活活饿死了。因为它无法打破指向相反、强烈程度相等的两个欲望之间的平衡。因此就下不了到底吃哪一份燕麦的决心，对于眼前的东西，驴子犯了逻辑所设的圈套，因为它两者都想吃。

在此引用此典故，毫无戏谑马老之意。马老是智慧的，他根据两种瓷器制造的年代，选择了更为靠前的官窑，并且在后来也觅得了梦寐以求的哥窑精品。可以说，"二美并，两难具"了。这是善于放弃的智慧，放弃是定有回报的，它会让你得到更多更好的东西。愚蠢如"彼力当之驴"的只是那些将好处利益一网打尽的人们。

苏格拉底和麦穗的故事也可以看作是善于选择和放弃的经典。苏格拉底是古希腊著名的哲学家。有一天，他带领几个弟子来到一块麦地边。那时正是麦子成熟的季节，地里满是沉甸甸的麦穗。苏格拉底对弟子们说："你们去麦地里摘一个最大的麦穗，只许进不许退。我在麦地的尽头等你们。"弟子们陆续走进了麦地。到处都是大麦穗,哪一个才是最大的呢? 他们埋头向前走,看看这一株,摇了摇头;看看那一株,又摇了摇头。虽然有人也曾试着摘了几穗,但想到前面可能还有更大的,于是就毫不犹豫地把手里的麦穗扔掉了。就这样,他们一边低着头往前走,一边用心地挑挑拣拣,经过了很长一段时间。突然,他们听到苏格拉底黄钟大吕般的声音:"你们已经到头了。"这时两手空空的弟子们才如梦初醒。苏格拉底对弟子们说:"这块麦地里肯定有一穗是最大的,但你们未必能碰见它;即使碰见了,也未必能做出准确的判断。因此最大的一穗应该就是你们刚刚摘下的。"

选择眼前的手中的,放弃前面的可能还会有更大的欲望,把握住眼前的机会,放弃非分之想,这才是真正的拥有。我们就如同行走在人生的麦地中,而大多数人也和苏格拉底的那群弟子一样,挑过来、捡过去,对得到的、拿在手里的总是不满意,总觉得还有更"大"的、更"好"的"麦穗"在前面等着自己,结果错失机遇,老是心怀更大的欲望,而舍弃就在眼前的东西。结果在人生的旅途上两手空空,唯有遗憾,实际上这是一种不可取的人生态度。

能把握的才是最好的。想将人生的花好月圆,良辰美景都收之囊内,全为己所有,那只能是天真的想法。

一个人内心的空间是有限的,放弃了物欲享受,你就会得到精神愉悦;放弃了争权夺利,你就会得到收放从容;放弃了粗俗,就会得到高雅;放弃了无聊,就会得到充实。

因此,放弃也是一种大智慧。

快乐是生命的黄金

金字塔是谁建造的，这一问题似乎已经毋庸置疑了。因为在古希腊历史学家希罗多德的《历史》中，就已经下了定论：金字塔是由三十万埃及奴隶建造的。这一结论却遭到瑞士的一位叫塔·布克的钟表匠质疑，时间是在十五个世纪之后，也就是一五六〇年。他认为这一历史应当改写。他从自己的经验得出：金字塔的建造者不应该是奴隶，而应该是一群快乐的自由人！

这一论断确实语出惊人，一个钟表匠敢于叫板一千多年前的历史学界的权威，单是从勇气来说，的确值得赞赏。但历史不是建立在随便指说否定的基础之上，而是要有无可辩驳的事实依据。而布克的依据就是自己的工作经验。

布克因为反对罗马教廷的专制教规而遭到囚禁，在狱中，他因为自己的特长而被安排去制作钟表。但他发现，无论自己如何精心投入，都不能制造出日误差低于十分之一秒的钟表。而他在入狱以前制造的钟表的误差是百分之一秒。原因在什么地方呢？布克最后归因于监狱的环境。

在这个丧失自由的地方，不论如何调整都不能达到畅快的工作。因此，快乐的心情关系到钟表的精度。

在一般人看来这一推断简直就是痴人说梦一般荒谬，简直是无稽之谈。但历史对人们开了一个大大的玩笑。二〇〇三年埃及最高文物委员会向世界宣布，通过对吉萨附近六百处墓葬的考古发掘证明，金字塔应当是由当地具有自由身份的农民和手工业者建造的。这一重新宣布的结论让世界震动，也让生前饱受非议的布克，在死后五百年后被还一清白，终于可以长眠地下。

事实证明，如果不是怀着无比虔诚之心，要想建造出巧夺天工，连一片刀片也插不进去的金字塔，那简直比登天还难。而那群怀着无比愤怒的奴隶是如何也不能有快乐的心情。

因此，放而言之，快乐的心情不仅决定着工作的完美，更决定着生命的质量。是否带着快乐的心情上路，在开始就决定了事情的兴衰成败。多数时候，我们不是败在没有很好地把握时机，而是我们的心中有没有一片快乐得像阳光一样的金子。

人们的心其实就是一块田地，你不在那里种鲜花，它就会杂草横生，快乐就是我们富有的鲜花，私心杂念则是心灵的杂草。一个人一旦被种种物欲所捆绑，那他就失去了快乐的黄金，他的生命就会在空虚中颓废，而不是在快乐中富有充实。

快乐是生命的黄金，我们快乐，生命就会充满活力与激情，我们就会意气风发。快乐时，世界将与你同欢，哭泣时，你只能独自饮泣。

拥有快乐，我们就拥有了正视人生的坚实与成熟，拥有了不怒不悔的超脱与宽容，拥有了一种踏雪而歌的气质，就能拥有一颗大大的心来承受这个充满忧患的世界，把自己的生命真正融入快乐中去，拥有生命的黄金。

快乐是生命的黄金，让我们因快乐而富有，因富有而成熟！